話は今日はやめておきましょう

井上荒野

毎日文庫

装画　ａｇｏｅｒａ
装丁　大久保伸子

1

チューリップが昨日の雨でまたいちだんと傷んだ。

とっくに子房を切っていなければならないのに、見ようによってはまだきれいな花もあって先送りにしていた。でも今日こそは全部切ってしまわなければ。枯れた花をいつまでもつけておくと球根が痩せてしまう。

ゆり子はレースのカーテンを透かして庭を眺めた。自分の家の庭なのに盗み見るような気分になっているのは、東側に面した隣家の駐車場に、その家の女が出ているからだった。駐車場に停めてある赤い小さな車のボンネットにもたれて、見るともなしにこちらに顔を向けている。今日は日曜日だから、夫婦で外出するところなのかもしれない。とすれば、間もなく彼女の夫が家から出てくるだろう。はやく行ってしまえばいいのに。そうすれば私もチューリップを切りに庭に出ていけるのに。

何を気にしているのよ。ゆり子は自分に言った。隣人は、じつの娘や息子よりもずっと若い、まだ学生みたいにも見える夫婦なのに。気にすることも、こわがることもありはしない。

実際のところ、隣人と何かがあったというわけではなかった。一昨年、長年隣にあった古い家の住人がいなくなり家が壊され敷地が売りに出されて、あっという間にぺらりとした建売住宅が二軒建った。昨年そこに二組の新しい家族が越してきたのだった。三歳くらいの女の子がいる三人家族、そしてゆり子の家に近いほうには、この若いふたり。

先週の日曜日、夫の昌平とふたりでクロスバイクで漕ぎ出したとき、ちょうど隣家の夫婦も表に出てきたところだったのだが、挨拶するでもなく、じろじろと無遠慮にこちらを眺めていた。挙句顔を見合わせてニヤニヤ笑ったのを見てしまった、というだけのことだった。

年寄りの冷や水だって思ってたのよ、きっと。そのあとで昌平に報告してそう言うと、その通りじゃないか、と夫は笑った。そんなふうに受け流してしまうのは、夫の無責任なところだが、ときにはいいところでもある——だからゆり子もそのときは笑った。でも、あのニヤニヤ笑いのことはまだ忘れられなくて、思い出すたびにいやな気持ちになる。

「そろそろ行くか？」

昌平が二階から降りてきたので、「はいはい」とゆり子は、支度をするために入れ替わりに二階に上がった。ヘルメットを被り、クロスバイクに跨がったときには、隣家の夫婦は彼らの車とともにいなくなっていたからほっとした。チューリップは、サイクリングから帰ってから切ろうと決めた。

クロスバイクは昌平からの誕生日プレゼントだった。

去年の十月。数日前からどことなくそわそわしていた夫から、注文していたものを取りに行こうと言われ、何のことやらわからぬまま「動きやすい服」に着替えて、彼が呼んだタクシーに乗り込んだ。車が着いたのは二キロほど先のサイクルショップで、そこに夫婦それぞれのクロスバイクが用意されていたというわけだった。

毎年夫婦で受けている人間ドックで、その年、昌平は幾つかの項目で異常値が指摘された。精密検査の結果は、すぐに治療の必要があるようなものではなかったのだが、生活習慣の改善をアドバイスされたことを、本人はゆり子が思っていた以上に気にしていたらしい。そんな折に、リタイアした製薬会社のOB懇親会に出席したら、元同僚から彼が最近はじめたスポーツバイクの面白さと効能を吹き込まれたらしい。

こんな恐ろしげなものとんでもない、と思っても、もう代金が支払い済みで、否応なく跨がらせられ店員に張りつかれ、ハンドルだのサドルだのをゆり子の体型に合わせて調整されてしまったとなれば、もう乗って帰るしかなかった。ヘルメットと手袋とサングラスもその場で購入し、当時のゆり子に言わせればばかみたいな格好になって、おっかなびっくり、半泣きで、何という誕生日だと昌平を恨みながらどうにかこうにか家まで辿り着いた――それが半年あまり前のことだ。

今では、サイクリングはふたりの日常に欠かせないものとなっている。前傾姿勢にも慣れて、ゆり子はすいすいと乗る。学生時代はバレー部で活躍していたくらいで、もともと運動神経が良かったのも幸いしているのだろう。ヘルメットとサングラスと手袋に加え、細いストレッチデニムと黄色いウインドブレーカー――動きやすさと安全とを気にするとそういう選択にならざるを得ない――を身につけた自分の姿にはまだ慣れたとは言えないが、変装しているような気分もあって、気後れとか気恥ずかしさは逆にまぎれている気もする。

天気が良ければ、十キロ程度の距離を漕いで昼食を食べに行く、というのが最近の夫婦の習慣になっていた。今日は何度か訪れたことがあるインドカレーの店に行くことにした。自転車でなければわざわざ訪れないような町の、気の利いた店を見つけるのも楽しみのひとつだ。四月のはじめの天気がいい日で、空気はまだつめたかったが、体を動かすにはいい季節になりつつある。

大きな総合病院のそばの店なので、時分どきだったが平日よりも空いていた。すっかり顔なじみになったインド人の店員から笑顔で窓際の席に案内されて、昌平はいつものチキンカリーを、ゆり子はメニューを熟読した末、マトンビリヤニというものを注文した。

「よくまあ、昼からマトンなんか食えるなあ」

運ばれてきたものを見て昌平は言う。昼だろうが夜だろうが、マトンなんか食べないくせに。ほかの多くのことと同様に食にかんしてもごく保守的で、どんなに勧めても、食べたことがあるものしか食べない男だ。

「自転車に乗ってると、しっかりしたお肉が食べたくなるのよ」

「それはいいことだな」

　ゆり子の返答は昌平を喜ばせる。スポーツバイクも、妻と一緒にそれに乗るのも、昌平にとっては画期的なことに違いない。彼がそのことに興奮し、嬉しがっているのがわかるので、ゆり子は可笑(おか)しくなり、夫を可愛らしく思いもする。

　昌平は七十二歳で、ゆり子は六十九歳だった。娘と息子が順番に家を出て行って、夫婦ふたりきりの暮らしになってからもう十六年になる。営業本部長として六十五歳まで勤めていた昌平は、その後も嘱託として週に二、三度会社へ行っていたが、数年前からそれもなくなり、自転車に乗る時間はたっぷりすぎるほどある。

　昌平は、スマートフォンを操作して出てきた画面をゆり子に見せた。折りたたみ自転車をたたんだり、また組み立てたりする動画だった。

「すごいだろう？　あっという間にこんなに小さくなるんだよ。組み立てもほら、ゆり子にだって簡単にできそうだろう？」

　二台目の自転車を買おうと、この前からしきりに言っている。折りたたみ自転車なら車に積んで移動できるから、海辺や山を走ることもできるんだぞと言われれば魅力的に思えないこともないけれど、それにしてももう二台目の自転車なんて、あんまりうかれすぎだろうとゆり子は思っている。

「折りたたみ自転車は危ないって、あの男の子が言ってたじゃない？」

　そう言ったのは、反対の意をやんわり伝えるためだったが、その青年のことが妙に印象に残ってもいた。

「あいつはただ喋りたかっただけだろう」

　昌平も覚えているようだった。一週間前、サイクリングの途中で彼の自転車の前輪がパンクして、急遽（きゅうきょ）いちばん近いサイクルショップに立ち寄った。そこでふたりは、その青年に会ったのだった。

　上背のある、野球選手を思わせる体格の青年だった。

　最初に応対したのはその店の店主らしき中年男性だったが、パンクの修理をしたのが彼だった。自転車と昌平とゆり子を順番に眺めて、「あーあーあー」とばかにしたように頷いたのはいかにも感じが悪かったが、そのあとで少しだけ印象が変わったのだ。

　青年に修理を任せている間、ゆり子と昌平は売り場を見てまわった。よくある町の自転車屋というよりは、もう少し専門的な感じの店だった。五十万、六十万の値札がついたロードバイクも並んでいて、昌平は子供みたいに夢中になっていた。きれいなブルーの折りたたみ自転車も一台、陳列されていて、ほかの自転車に比べれば値段も手頃だったから、昌平の足はそこで長い間止まっていた。

「折りたたみ自転車、探してるんですか」

振り返るとさっきの青年が立っていた。パンク修理はもう終わったのかと昌平が聞くと、終わって、今店主が点検中だと答えた。

「なんか俺、信用ないみたいで」

フフッと笑うと、目つきの鋭いとっつきにくそうな顔立ちが、一気に子供みたいな表情になった。こっそり愚痴を言うみたいな、店主よりもふたりのほうをそれこそ信用しているみたいなその顔に、ゆり子も口元を緩めた。

「どうしても必要なら仕方ないけど、そうでもないなら、折りたたみは避けたほうがいいですよ。自転車を折りたたむって、どう考えても無理があるでしょ。一回、二回ならいいけど、長く乗る自転車じゃない。このクラスだと、ここがまずだめになりますね。あと、ここ。スピードは結構出ますから、走行中にイカれたらこわいですよ……」

青年の、まったく予想外の饒舌に、ゆり子も昌平もぽかんとしてしまった。もっと高い自転車を売りつけようとしているのかとも思ったが結局そんな気配もなくて、うんちくを聞かされたというよりは、昌平が言った通り、この子はただ私たちと喋りたいのだ、という印象をゆり子も持ったのだった。そのあと店主が修理が終わったことを告げに来て、レジに入った青年に昌平がお金を払うと、つり銭を渡す顔がさっきとは別人のように乾いた表情だったことも、ゆり子はまだ覚えていた。

「あ、すみませーん」

隣の席に座ろうとした若い女の子のショルダーバッグがゆり子の頭をかすめて、女の子はぺこりと頭を下げた。気がつくと店内はそこそこ混んできている。

ゆり子と昌平は料理を食べ終えて、ランチにセットされているラッシーを飲んだ。謝った女の子の向かいの席も同じ年頃の女の子で、きゃあきゃあ騒ぎながらメニューを選んでいる声が聞こえてくる。

「あたしは日替わりかな」

「日替わりってなにカレー？」

「わかんないけど」

「わかんないのに頼むかなあ。あたしはBセットにしようかな。シーフードってアサリ入ってるかな？」

「ふつう入ってるよ」

「じゃあだめだ。却下。あーどうしよう、振り出しに戻っちゃったよ」

ゆり子と昌平は目を見交わした。微笑んでいいのか眉をひそめるべきなのかわからない、というような表情を、夫同様に私もしているのだろうとゆり子は思う。可愛らしくも思うが、この世に自分たちふたりだけしかいないとでもいうように声を張り上げているのを疎ましくも思う。どちらの気分のほうが大きいのか、決めかねることがこの頃多くなった。

「このビリヤニっていうの、どんなのかな。おいしいのかな」

「おいしいわよ、とっても」

ゆり子は思わず声をかけてしまった。たぶん「可愛らしい」と思っていることにしたかったのだ。女の子たちは、さっきのゆり子と昌平のように顔を見合わせた。曖昧な表情のまま、ひとりの子が仕方なさそうに「ありがとうございます」と応じ、それから女の子たちはあらためて顔を見合わせてクスクス笑った。

自宅の門の前に帰り着いたところで、あっと昌平は声を上げ、買い忘れた乾電池を買うためにあらためて自転車を漕ぎ出していった。

ゆり子は家の中に入ると、ダイニングの椅子に腰掛けてしばらくの間ぼうっとしていた。着替える前に庭に出てチューリップの花を切ろう、切り終わった頃夫が戻ってくるだろう、そうしたら濃い日本茶を淹れよう、などとつらつら考えながら、動けずにいた。実際のところ、本当に考えていたのは、さっきのインドカレーの店でのことだった。見知らぬ他人に馴れ馴れしく話しかけてしまった自分。女の子たちの当惑した顔。クスクス笑い……。

思い返しながら、ゆり子は自分も少し笑ってみる。気に病んでいるわけでもなかった。ただ気づいてしまったのだった。自分がもはや老人であるということに。老人になる瞬間というものがあるとすれば、それがさっきだったような気がした。

だからなんだっていうの。誰だって歳を取るのだ。

ゆり子は立ち上がり、鋏(はさみ)を持って庭に出た。

ひな壇状になった住宅街の、最上部の角地に家はある。東京郊外のM市に土地を買って家を建てたのは昌平が三十七歳のときだった。最寄り駅までバスに乗らなければならないし、通勤には少々不便な場所だったのだが、それよりも環境や敷地の広さを優先した。敷地は七十坪あまりあり、家族四人がゆったり暮らせる二階家と、広々した庭を持つことができた。

毎年種類を増やす球根や、新しい苗を去年の秋は植えなかったから、今年の庭はいつもより寂しい。これまでずっと、ゆり子の趣味はガーデニングといってよかったけれど、自転車に乗りはじめてから、庭で過ごす時間は少なくなっている。興味の対象が完全に移ったわけではないのだが、庭仕事というのは案外体力を使うものだから、サイクリングと両立させるのはやはり少々しんどいものがある。

家のほうは、築三十五年が経って、ときどきリフォームしているとは言っても、老朽化は免れていない。庭に出て見上げると外壁がかなりひどいことになっているのがわかる。もう一度リフォームする意味はあるのか、ないのか。子供部屋はふた部屋とも、子供たちが独立して以来何年もそのままで、空気を入れ替えたり埃(ほこり)を払ったりすることもこの頃はおろそかになっている。これからどこでどんなふうに暮らしていくのか、そろそろ考える時期なのかもしれない。昌平も自分も、あえて話題にするのを避けているようなところがあるけれど……。

チューリップの子房をすっかり切り終えてから、目についた雑草を抜いた。昌平はまだ戻ってこない。ゆり子は家に入って時計を見た。乾電池はコンビニで買うはずだから、自転車なら十五分もかからずに帰ってくるはずだ。雑誌の立ち読みでもしているのだろうか。

二階に行ってニットとスカートに着替えているとき、椅子の背に引っかけたウインドブレーカーのポケットの中で、携帯電話が鳴り出した。いつもほとんど鳴らない電話だが、かけてくる人がいるとすれば昌平だ。ディスプレイにはやはり「昌平」と表示されていた。

「あなた？　どうしたの？」

「もしもし……そちらは大楠昌平さんのご家族でしょうか」

聞こえてきた声は夫のものではなかった。

＊

採り残した柿は冬の貴重な色彩になる。

黒い納屋の屋根を背景にして灯りのように浮かび上がるオレンジ色。昌平はそれを数えた。ひとつ、ふたつ、みっつ……。もうじき雪が降り出して、すべては覆われてしまう。その前に数え終えなければ。よっつ、いつつ、むっつ……。納屋の戸が開き、割烹着の上に綿入れを羽織った母親が出てくる。昌平の半分ほどの背丈しかない母親は、どこからか取り出した竿(さお)で柿を払いはじめる。かあちゃん、やめろって、俺が今数えているというのに。ああ、どこまで数えたかもうわからなくなってしまった。

昌平は目を開け、蛍光灯が埋め込まれた白い天井を見た。自分が病院にいることをゆっくりと思い出しながら顔を横に向けると、ゆり子と娘の夏希が来ていた。

「あら。起きたみたい」

妻は娘に向かってそう言い、夏希は昌平を覗き込むと「やっほー」と言った。

「やっほー」

昌平は仕方なく応じた。夏希に会うのは今年の正月以来だ。

「元気そうじゃない、パパ」

「これのどこが元気なんだ」

足元に台が置かれ、厚く包帯を巻かれた右足がその上に乗っている。寝返りを打とうとして昌平は呻いた。

「まだ痛む？」

とゆり子が聞く。

「いや。昨日よりはマシになった」

「ママから聞いたわよ、大騒ぎしたって」

夏希が再び口を挟んだ。手術後、麻酔が切れてから翌日までは痛みが最悪で、規定量以上の鎮痛剤を要求して、ゆり子や看護師たちを大いに困らせてしまったことを言っているのだろう。

「とにかく良かったわ。ケガが軽くて」

「軽いのかね、これで」

「ママったら泣きながら電話してくるんだもの。死んじゃったかと思ったわよ」

「これ」

娘のあけすけな物言いをゆり子がたしなめた。妻が泣いたというのは初耳だった。救急車で運ばれた病院にやってきたときには、ちょっと情が薄いんじゃないかと思うくらいきびきびとふるまっていたものだが。

「死ぬかもしれんな、俺は」

「何言ってるのよ」

と妻と娘の声が揃った。

「ばあさんが夢に出てきたんだよ。迎えに来たのかもしれん」

「それはね、お義母さんが助けてくれたということよ。ダンプカーにぶつかって足首の骨を折っただけですんだんだもの。まだ来るなとお義母さんは言いたかったのよ」

「ま、そうかもしれんな」

ゆり子が涙声になっていることに気がついて、昌平は慌てて言った。


正確に言えば、ダンプカーにはぶつかっていない。

右折してきた車に巻き込まれそうになり、慌てて歩道に上がろうとして転倒したのだった。動くことができなかったので、通りかかった人が救急車を呼び、家にも連絡してくれた。反対側に倒れていれば後続車に轢かれる可能性もあったのだから、右足首の骨一本ですんだのはたしかに幸運と言えるのかもしれなかった。

手術してから二日が経っていた。インドカレー屋の近くの総合病院の、外科病棟の六人部屋に入院している。午後五時を過ぎ、夏希はこれから仕事だからと言って帰っていき、ベッドのそばにはゆり子だけになった。

「どうにかなってるのかな、あいつは」

手を振りながら夏希が出て行った廊下を眺めながら昌平は言った。

「どうにかなってるから、あんなふうなんでしょう」

「どうにかなってなくたって、あんなふうだよ、あいつは」

苦笑し合う。長女の夏希は四十一歳になるが未だ独身で、夜のレストランやバーでジャズを歌っている。むろんそれだけでは生活できないので、昼間は英会話の個人教師などを引き受けて糊口をしのいでいるらしい。本場でジャズの勉強をしたいと言って大学を出たあとの六年間をアメリカで過ごしているのだが、それにしてもいったいどんな「生徒」が娘に教えを乞うているのやらと訝しまずにはいられない——しかし夏希について心配したり怒ったりする時期は過ぎてしまい、今はもう、これ以上のことにはならないでくれと願う気持ちのほうが大きい。

「睦郎たちは土曜日に来るって」

ゆり子が言う。

「睦郎にまで連絡したのか」

「だって、いちおう知らせないと……」

昌平は溜息をついて天井を見た。今は足よりも腰のほうが痛い。ずっとへんな姿勢で寝ているせいだろう。昨日の夜から溲瓶(しびん)は使っていないが、トイレへは車椅子で行っている。明日から松葉杖で歩く練習をするそうだ。うまくいけば週明けには退院と言われているが、すぐに歩けるようになるわけもなく、とんでもなく深い穴に落ち込んでしまった気がする。

夕食の時間を知らせる院内放送が響き、ゆり子が運んで来てくれた病院食の膳を一瞥(いちべつ)してから、昌平は妻手製の牛肉の佃煮(つくだに)だけで飯を食べた。お味噌汁くらい飲んでみたらと言われて渋々一口飲んで、箸を置く。


土曜日、長男の睦郎は結局見舞いにやって来ず、それどころかゆり子も姿を見せなかった。

金曜日にリハビリで昌平が癇癪(かんしゃく)を起こしたことに、妻は腹を立てているに違いなく、きっと睦郎に電話して言いつけたのだろう。君子危うきに近寄らずが長男の性質だ。

「ビッグニュースがありますよ。磯田が結婚するんです」

「マジか。相手誰なの。女だよな」

「それ、みんなが言いますけど、女ですよ。タレントの卵だとかで、超可愛いんですよ、それが」

「どこでそういうのと知り合うんだろうな。ていうか水原さん、どうしてるの」

「ふつうにしてますけど、俺らのほうが挙動不審になっちゃって。磯田がまた大はしゃぎで、水原さんがいるところで平気で彼女の話とかするもんだから」

「そういうところがだめなんだよな、あいつは。拒絶するならするでやりかたがあるのに」

　ベッドの周囲のカーテンをピタリと閉ざして、昌平は向かいのベッドの男と見舞い客との会話を聞くともなく聞いた。向かいのベッドの男は四十代半ばくらい、昨日の夕方にも男女取り混ぜた見舞い客が賑やかにやってきて、せっかくだからゆっくり休んでくださいよ、怪我でもしないと奥山さんは動きっぱなしだから、などという言葉が聞こえてきた。

昌平にとって入院の経験は以前にも一度だけあって、それがちょうど、向かいの男と同じくらいの歳のときだった。かなりの大きさに育ってしまった尿路結石をレーザーで粉砕する処置を受けたのだったが、五日間の入院中、あのときは向かいの男同様に、家族以外の見舞い客が毎日来た。

それはそうさ、と昌平は考える。迷惑がかからぬように事前に仕事の手配をしたから、結果、関係者の多くが入院のことを知っていたのだ。今回のことは誰にも知らせていない。こちらから知らせなければ、元同僚も元部下たちも知りようがないのだから。

突然、カーテンがシャッと開けられて昌平はぎょっとなった。

「待ってても来ないと思ったから迎えに来たわよ」

昨日、癇癪をぶつけた理学療法士だった。

＊

人を殴る瞬間が一樹は好きだった。

腰に溜めた力を拳にのせて、思いきり相手にぶつける。殴られる一瞬、相手の目に宿る不思議そうな表情、それからびっくりするほど歪む顔、拳が肉の奥の骨に到達したときの圧倒的な手応え。

それは小さな破壊であり、攻撃というよりは嘔吐に似ている。

もちろん、爽快感と高揚は、一瞬後には消えうせる。無抵抗な相手を殴ったときにはなおさらだ。あとには拳の痛みと罪悪感と、面倒な事後処理だけしか残らない。その最後の厄介ごとを片付けに、今しも一樹は向かっているところだった。

ロードバイクで、いつもの通勤路を走る。まっすぐ行けばサイクルショップまで二十分とかからないが、どうにも気がすすまず回り道する。

これまで通ったことのない、細く長い坂道に入る。しょぼいというか終わりかけたような商店街で、午前十時にしてパン屋も肉屋も豆腐屋もシャッターを下ろしたままだ。

花屋の前で自転車を止めたのは、その店だけが開いていて、軒先に並べられた鉢の緑がやけにみずみずしく見えたせいかもしれない。花でも買って行ってやろうと、それまで思いつきもしなかった考えが浮かんだ。店頭に店員の姿はなく、すいませーんと呼びかけると、ダンガリー地のエプロンをつけた女が小走りになって奥から出てきた。

「こんにちは」

　というのが女の第一声だったので、「こんにちは」と一樹もばかていねいに返した。それで女は自分の挨拶の奇妙さに気づいたふうに、恥ずかしげに微笑みながら「いらっしゃいませ」と言い直した。触ったら溶けそうな女だ、というのが、一樹がそのとき思ったことだった。

「花がほしいんだけど」

「花……贈りものですか」

「贈りものっていうか……えーと、見舞い？」

　予算や好みなど、女から訊ねられたことに一樹は答えて、チューリップと、名前を聞いても覚えられないふにゃふにゃした花とを組み合わせた小ぶりな花束が出来上がった。大した根気だなと一樹は思う——女ではなく自分のことだ。花を買うというのがこんなに面倒なものだということをはじめて知ったが、それに自分が付き合ったというのも驚くべきことだった。

　花束を活けるように入れたデイパックを一樹が背負うと、女はクスクス笑った。

「へん?」

と一樹は聞いた。きっと頭の上に花が咲いたような塩梅(あんばい)になっているのだろう。

「いいえ……素敵です」

「サンキュ。じゃあね」

ぎこちなく笑い返して、片手を上げて自転車に跨がったのも、まったくいつもの自分らしくないことだった。

鼻梁(びりょう)をガーゼで覆い顔の左半分を内出血で青黒くしたオーナーは、汚物でも見るような目で花束を見た。

「給料だろ。そのために来たんだろ」

というのが彼が最初に言ったことだった。その通りだったので一樹は黙っていた。

「残念だよ。何とかしてやれると思ってたんだけどな。まあ赤の他人を何とかしてやれるって思うのは傲慢なんだろうな。おまえと付き合って、そのことがよくわかった」

オーナーはもちろん花束を受け取ろうとしなかったし、まんいち殴りかかられても避(よ)けられるだけの距離を取っていた。それに横には一樹と同い年くらいの、ガタイのいい男も控えていた。一樹の後釜を早速雇ったのかもしれないし、あるいは当面の間のボディガードとして、知り合いに頼んだのかもしれない。

「俺、自分からクビを言い渡したことってこれまではないんだよ。でも今回はしょうがない。こんな顔にされてまで面倒みる筋合いはないからな」

　俺は面倒をみられていたのか、と一樹はぼんやりと考える。まあ、そうなんだろうな。こいつにとっては、懐いてきた野良犬をしばらく飼ってやってたみたいなものなんだろう。もともとは店主と客という関係だった。自転車談義をしているうちに気に入られ、うちでバイトしないかと誘われてその気になった。あのときは、こんなふうに説教がましくねちねち喋るやつだとは知らなかった。

　未払い分の給料はオーナーが店の奥へ取りに行き、それを一樹に手渡したのはガタイのいい男だった。結局今日ここへ来てから自分が一言も発していないことに一樹は気づく。給料が第一の目的だったにしても、謝罪しようという気持ちはあったのに。

「これ……」

　だらりとぶら下げた花束をあらためて差し出そうとしたとき、「一樹くん、さあ」とオーナーが、ガタイのいい男の陰から言った。

「歳、二十六だっけ？　いいかげんまじめに考えたほうがいいよ、生きてくってことについてさ。今のままだと、そのうちにっちもさっちもいかなくなるよ」

そのうちじゃなくてもうそうなってるでしょ。ガタイのいい男が薄笑いを浮かべながら呟いた。それはあきらかな挑発だったが、殴りかかるかわりに花束を投げつけて、一樹は自転車に跨がった。

正月みたいな空だ。

一樹は思う。

たとえば女と別れたときにも、いつもそう感じる。いつもより澄んでいて、白っぽくて、ぽかりとした空。

みんなどこに行ったんだ。子供の頃、正月の、普段より人も車も少ない町をうろつきながらよく思ったように、そう思う。

何の予定もなかったが、アパートには戻りたくなかったのでロードバイクでしばらく走った。目についたファミレスに入り、モーニングセットを食べながら、オーナーから渡された封筒の中身をあらためた。入っていた金はびっくりするほど少なくて、金の代わりのように病院の領収証のコピーが数枚入っていた。治療費を引いたということらしい。

けっ。

と一樹は声に出してみる。それからフォークで、スクランブルドエッグと薄っぺらいベーコンが載った皿の縁を叩いた。チンという音が響くと、なんだか笑いたいような気分になった。サイクルショップで働きはじめる前に繋ぎでやっていたポスティングのバイトをまたはじめれば無収入にはならないが、それでも今月以降の家賃はそうとうやばい。早急に仕事を探さなければならない。サイクルショップのオーナーとうまくいっていたときには正社員に格上げしてくれる話も出ていたのに、また振り出しに戻ってしまった。あいつらは何と言っていたのだったか——「にっちもさっちもいかなくなるよ」だ。俺が思い浮かべるのは、檻(おり)の中の輪の中でくるくる回り続けるハツカネズミだ。

食べ終わり、今日はこれからどうしようかと考えた。選択肢はいくつかあった。サイクルショップに戻って治療費を引かれたことでごねてみるとか、金のことはあきらめてただあいつらをぶちのめすとか。あるいはもっと現実的な案として、ハローワークに行くか。現実逃避の案として、パチンコ、ゲーセン、いっそ帰って寝っ転がるか。

考えた末に、一樹はポケットからスマートフォンを出した。

数年前に建て替えられた総合病院は、いつ来ても医療施設というより銀行とかホテルみたいに見える。

電話をしたら着信拒否になっていたので、頭にきてここまで来た。ロードバイクを駐輪場に停め、外来用の広いロビーに一樹は入っていく。

長いカウンターの右端、初診受付のブースに美穂はいた。その前をわざと素知らぬ顔で横切り、左端までゆっくり歩いてから、またゆっくりと戻る。美穂が気づいて、顔を強張（こわば）らせている。美穂の前にいる中年男のうしろに一樹は並んだ。午前中の初診受付はもう終了したと繰り返し男に言って聞かせることに懸命に集中しようとしている女の顔に、じっと視線を注いでやる。

「金、貸してくれよ」

向かい合うと一樹は言った。

「十二時に駐輪場の入口で待ってて」

目を合わさずに美穂は答え、その瞬間、一樹は後悔した。電話したときはこんなつもりではなかったのに。

十二時まで三十分ほどあった。

病院の正面玄関前の、スロープを縁取る植え込みの囲いに一樹は腰を下ろした。駐輪場は通りの向かい側にあり、美穂がどこからそこへ向かっても、ここにいれば見えるだろう。

人が次々に病院から出てきてスロープを降りていくが、一樹がじろじろ見られるようなことはなかった。病院だから、やばい病気を宣告されたり、でなければ身内が死にかけていたりして、中途半端な場所にがっくり座り込んでるやつはめずらしくないのかもしれないな、と考えてみる。俺も今、そういうしけた顔をしているのかもしれない。

美穂とは知り合いの彼女の友だち、という縁で知り合って、半年ほど付き合った。女は必要だがべつにこいつじゃなくてもいいな、と思いはじめた頃からときどき金をせびるようになって、そうしたら向こうのほうから離れていった。

しかしさっき電話したのは金のためじゃなかった。ただなんとなく話したかっただけだった。着信拒否と、さっき俺を見たときの彼女の表情。そのせいだ。いつでも誰かや何かが、したくないことを俺にさせる。

駐輪場には行かないでこのまま病院を立ち去ってしまおうか。しかしこのあと美穂に会って言葉を交わせば、何かが修復できるような気もして、一樹はじっと座り続けていた。松葉杖をついた老人とその妻らしい老女がそろそろとスロープを降りてくる。どこかで見たことがあるようなふたりだと思う。老人はあきらかに松葉杖を使い慣れていなくて、見るからに危なっかしい。あれじゃばあさんを巻き込んで転げ落ちるぞと思っているそばから、「うわっ」という声を上げて大きくよろめいたので、一樹は思わず立ち上がってその体を支えてやった。

老人は犬の吠え声じみた溜息を吐いたあと、目を瞬かせながら一樹を見て、「どうも……」と呟いたが、それだけ言うのもやっとという感じだった。老女が駆け寄ってきて「助かりました、ありがとうございます」と頭を下げた。その時点で老人の体はまだふらついていて一樹に体重を預けていたので、一樹は手を貸して、自分が座っていた場所に彼を腰掛けさせた。

「この杖はだめだ」

老人は、傍に一樹が立てかけてやった松葉杖に向かって吐き捨てるように言う。

「慣れないと……。時間がかかるって療法士さんも仰ってたでしょう」

老女は夫を叱ったあと、同意を求めるような顔であらためて一樹のほうを向いて頭を下げたので、一樹は軽く片手を上げてそそくさとその場を離れた。これ以上かかわるのはごめんだ。

仕方なく通りを渡って駐輪場へ向かった。二階建てで、ここにも自転車用のスロープがある。その入口の壁にもたれて病院のほうを眺めた。さっきの老人がまだ同じ場所に座っているのが見える。妻は傍にはおらず、なんとなく探すと、通りのほうへ出てきていた。車道へ身を乗り出してキョロキョロしている。タクシーを止めようとしているのだろう。

ばあさんは小柄でふっくらしていて、じいさんのほうは結構上背がありがっちりしている。一樹の両親よりはあきらかに歳がいっているが、祖父母よりは若いだろう。ばあさんは紺地に細かい花柄のワンピースに薄水色のカーディガン、じいさんはチノパンに紺のスウェット、身なりのいい夫婦だ。さっきのばあさんの喋りかたにも、一樹の母親などは持ち合わせていない上品さがあった。じいさんはいい会社に勤めていて、退職金をいっぱいもらって、何不自由ない暮らしなのだろう。怪我をしてもただ体の痛みや不自由さだけ心配していればいい奴らなのだろう。そういう印象を、以前にも持ったことがある、と思う。どこかで会っている。どこでだったか。

空車はなかなか来ないようだった。ばあさんは小走りになって交差点まで行き、そこでうろうろした末に、再び病院の前まで戻ってくる。だっとばかりに飛び出して手を振るが、やってきたタクシーは回送車だったらしくばあさんの前を素通りしていく。危ねえなあ、と一樹は思う。風がけっこう強くなってきている。あんなふうに身を乗り出して、風に煽(あお)られてふらついたところに車が来たらどうするんだ。

じいさんが何か怒鳴った。座ったまま松葉杖を振り上げて、病院のほうを指す。ばあさんは振り返ったが首を振り、また道路のほうへ体を戻した。

彼らがいるのとは反対側の病院の出口から、美穂が出てくるのが見えた。どうしてだかわからないが反射的に一樹は通りを渡り、老女のほうへ近づいた。

「タクシー、呼んであげますよ」

「えっ？」

疲れ切った顔で振り返る老女を促して老人の元へ連れていき、一樹はスマートフォンで最寄りのタクシー会社を検索して電話をかけた。病院名を告げると、五、六分で迎車をよこすという応答がある。簡単なことだ。

「病院で呼んでもらえと、だからさっき言ったんだ」

老人が妻に向かってぶつぶつ言った。

「ありがとうございます、本当に……」

老女は夫を無視して一樹に頭を下げ、それから「あら、あなた？」と目を見開いた。

「あなた、自転車屋さんの……？」

「ああ……」

それで一樹も思い出した。パンク修理にサイクルショップに来た客だ。パンクも自分で直せないならスポーツバイクなんか乗るなよと思いながら、いつもの「スイッチ」が入ってつい長話してしまったんだった。

「さっきから、どこかでお目にかかったと思ってたんだけど」

「俺もですよ」

「今日はお店はお休みなの？」

「いや、辞めたんです」

「あら、まあ……」

老女はどう言えばいいか迷うふうだったが、ちょうどそのとき迎車がアプローチを登ってくるのが見えた。

「送りますよ、車まで」

と一樹は言った。

2

「こんにちはあ」

という声に、ゆり子はどきっとして顔を上げる。

ゆり子は自宅の前に立っていた。隣家の若い夫婦は、散歩でもして戻ってきたところらしい。青年は手にケーキの箱を提げている。

「こんにちは」

ゆり子は慌てて微笑んだ。

「最近は自転車、乗らないんですか」

若い妻が聞いた。

「そういうわけでもないんだけど」

「今日は自転車日和ですよね」

ちょうどそこに、頼んでいたタクシーが来てしまった。ゆり子はふたりに会釈してそそくさと乗り込んだ。

あのふたりは、昌平が松葉杖をついている姿をまだ見かけていないのかしら。バッグの中をたしかめているふりをして、車窓に顔を向けないようにしながら、ゆり子は思う。見かけているからこそわざとあんなことを聞いたのかもしれないと思うのは、悪く考えすぎかしら。

「駅のどちら側につけますか」

「あ、手前の交差点で降ります」

ゆり子は運転手に答え、「近くてごめんなさい」と言い添えた。行き先は駅近くの複合ビルだった。地下の食品売り場の品揃えがいいので、以前はときどきバスに乗って買い物に行っていた。昌平が退職して家にいるようになってからは彼に車を出してもらっていたが、最近ではそんなにたくさん買う予定がないときにはふたりで自転車で出かけるようになっていた。家から約三キロ、クロスバイクに慣れてくれば、あっという間の距離だ。

でも、もう乗れなくなった。昌平はもちろんのこと、ゆり子もだめだった。夫が怪我をしたことで、すっかりこわくなってしまった。これで自分まで転んだりしたら、と考えてしまう。バスを使わずタクシーを呼んだのは時間の短縮のためだが、本当はバスに乗ることさえこわくなったのかもしれなかった。

あれからもう三週間あまりが経つのに、ゆり子は未だに、ときどき目をぎゅっとつぶってしまう。あの日、電話を受けたときの恐怖がよみがえってきて。あなたのご主人が事故に遭いましたと知らせてきたのは、たまたま通りかかった親切な人だった。昌平から頼まれて、彼のスマートフォンを使ったのだ。トラックに接触したようです、僕が救急車を呼びました、意識ははっきりしています。今考えれば、その人はゆり子をむやみに不安にさせないように喋っていたに違いないのだが、あのときの自分はほとんど絶望していた、とゆり子は思い返す。

こんなことが起きるのだ、と思った。ある日電話がかかってきて、夫の事故を知らされる――乾電池を買いに行っただけの夫が、そのまま戻ってこない――こんなことが。これまでずっと他人事だと思っていた、こんなことが自分の身にもやはり起きるのだ、と。

実際には、もちろん命に別状なく、リハビリさえしっかりすれば多めに見ても半年後には元通り不自由なく歩けるようになると言われている。けれども、夫を失うかもしれないと思った、そのことが現実に起きる可能性は十分あるのだとわかってしまった、あのときの感覚は今も消えない――それどころか日に日に強く身を締めつけてくる。

まるで自分までどこかの骨を折ったかのように、これまでできたことができなくなってしまった。自転車もそうだし、この前、病院でのタクシーのこともそうだ。病院のカウンターで呼んでもらえと昌平が怒鳴っていたのは聞こえていたし、道路に出て空車を捕まえる以外の方法があることはわかっていたのだが、なんだか麻痺したようになって、頭を切り替えられなかった。その前に昌平のリハビリに付き添って、あいかわらず癇癪ばかり起こす彼を宥めたり療法士さんに気を遣ったりで、疲れ切っていたせいもあったかもしれないが。

あの青年が助けてくれなかったら、それこそ昌平のように癇癪を起こして、通りの真ん中で泣き出していたかもしれない。あの青年——そういえば、よろめいた昌平に手を貸してくれたときから、何か親戚の男の子に助けてもらっているような馴染み深さと安心感があった。自転車屋で会った青年。あの子から折りたたみ自転車についての講釈を聞いたのは、はるか昔のことのような気がする。あのときも突発時で、昌平の自転車はパンクしたが、彼自身は無事だった。直してもらった自転車に乗って何事もなくふたりで家に帰ったのだ。今日のような日が来るなんて、思ってもいなかった。

今日のような日？

自分で思いついた言葉にぎょっとする。まるで昌平が死んでしまったかのような感慨ではないか。縁起でもない。

ゆり子は車窓から外を見た。これまで何度も夫と自転車を連ねて走った道を、今、タクシーで走っている。クロスバイクに乗りはじめた頃感じたように、自転車で走っているときと景色はまったく違って見えた。

違ってしまった。

ゆり子は思う。事故以後、私を取り巻く景色はガラリと変わってしまった。

買い物に出たのは、たまにステーキでも食べれば気分が変わるのではないかと考えたからだった。奮発して、ヒレのいいところを買って帰った。それにケーキも。

「ただいま。おやつにしましょう」

一階に昌平の姿はなく、二階に向かって声をかけても返事がない。階段を上がって寝室のドアを開けると、昌平はベッドに入っていた。顔も上げないが、眠っているのではなく眠ったふりをしていることがゆり子にはわかった。

「あなた、起きて。コーヒーを淹れるわよ。おいしそうなケーキを買ってきたわよ」

布団がもぞもぞと動いて、「今はいい」というくぐもった声が答えた。

「具合が悪いわけじゃないんでしょう？　退院してから寝てばかりじゃないの。もっと動くようにしないといつまでも治らないわよ。ここでがんばらないと寝たきりになってしまうって、療法士さんも言ってたじゃない」

「具合が悪いんだよ、頭が痛いんだ」

「だからそれは寝てばかりいるから……」

昌平がもう返事をしなくなってしまったので、ゆり子は怒りの溜息をひとつ吐いて、階下に降りた。どうにか退院させてはもらったが、リハビリは遅々として進んでいない。若くない、ということのほかに、指図されたり子供扱いされたりすることに過剰に腹を立てる本人の性格がある。手術した右足は膝下から足首にかけてまだパンパンにむくんでいて、これも歩くことで軽減されていくらしいのだが、むくんで痛むから歩きたくない、という悪循環になっている。松葉杖もまったく使いこなせていない。

ひとりぶんのコーヒーを淹れる気がせず、何かのおまけでもらったティーバッグにお湯を注いだ。ケーキの箱を開けて二種類買ったうちのどちらを食べようかと考え、どちらも食べたくないことに気がつく。

このままだと、歩けなくなるどころかその前に夫はボケてしまうかもしれない。怪我をして動けなくなったことがきっかけで認知症になった、というのはよく聞く話ではないか。思い出も大事な約束も忘れてしまい、そのうち家族も認識できなくなる。これも、自分たちには起こらないことだと信じていた。どうして今まで、そんなふうに能天気でいられたのだろう?

窓の外から、植木鋏を使う音が聞こえてきた。

最初ゆり子は気にとめなかった。この辺りにはうちと同じくらいの庭がある古い家がまだ何軒か残っている。どこかで植木の手入れをしているのだろう。

しかし鋏の音はずいぶん近いようだった。窓から覗いてみると、隣家との境で人影が動いていた。隣家の若い夫が駐車場に出て、植木鋏を使っているようだ。でも、あちら側には剪定（せんてい）するような植物はないはずなのに。

ゆり子はさらに顔を近づけた。高枝切り鋏のようなもので、若い夫が切っているのはキンマサキの枝ではないのか。でもあれはうちが、目隠し用にと東側の境に沿って植えた木だ。隣家の敷地に、同じくらいの高さの木があるのだろうか。

胸がドキドキしてきた。どう考えても隣家の夫が切っているのはキンマサキだったし、だとすれば彼がそれを断りもなく白昼堂々と切っている理由がわからない。伸びた枝が張り出していたのだろうか。キンマサキはそんなに暴れる木ではないし――だからこそ境界に植えたのだし――、年二回植木屋を入れているのだから、隣家の邪魔になっているとは考えにくいが、そうだとしたって一言あるべきだろう。それとも今の若い人たちはそうではないのか。境界線を越えていれば勝手に切ってもいいというのが最近の常識なのか。

ゆり子は窓から目を逸らした。気にしないことにしよう、と考える。植木屋の親方に勧められるままに植えた木で、そんなに気に入っているわけじゃないし、あちら側の枝が切られても、うちからはわからないし。留守中に切られていたら、ずっと気づかなかったかもしれないのだし。

それから自分が、ひどく疚しい気持ちになっていることに気がついた。うっかり窓の外を見てしまったのが悪いことでもあるかのように。私がこんな気持ちになることを、隣家の夫はわかってやっているのかもしれない。気づいたってどうせ何も言えやしないだろうと、ばかにしているのかもしれない。鋏の音が耳につき、自分の体が切られているような気がした。

さらにしばらくの間逡巡してから、ゆり子は椅子から立ち上がった。やはり一言言おうと決心して。怒ったりはせず、うちの木がお邪魔でしたか、ごめんなさいとまずあやまって、今度から言ってくださればうちで切りますからと言えばいい。

しかし勝手口から庭に出てみると、もう隣家の夫の姿はなかった。切りたい枝を切り終えて、家の中に入ったのか。それなら訪ねていってこちらの考えを伝えたほうがいいだろうか。そこまですると角が立つだろうか。

そのとき通りの向こうから、自転車がやってくるのが見えた。一軒一軒の前で止まって、郵便受けにチラシのようなものを差し込んでいる。その姿をゆり子はぼうっと眺めていた。それから、その自転車が自宅の前へ来るのに合わせて、門のところまで出ていった。

「こんにちは」

ゆり子のほうから声をかけた。

「あれ。こんちは」

青年は一瞬、戸惑った顔をしてから、笑顔になる。

「この前はありがとうございました。本当に助かりました」

「お宅、ここだったんですね」

ゆり子は頷き、あらためて青年を見る。大きな人だという印象は、サイクルショップではじめて出会ったときのままだが、そのあとのことがあるせいか、輪郭が柔らかな感じに見える。

「ちょっと上がっていらっしゃらない？　ちょうどケーキがあるの」

「いやいやいや。仕事中なんで」

「ああ、そうよね。チラシを配っているのよね。そのお仕事は毎日なの？」

「いや。不定期です。金がないときだけやるっつーか」

「それならうちでもアルバイトしない？」

自分が口にした言葉に、ゆり子は自分でびっくりした。

＊

「二十六歳ですって」

ゆり子が夏希に説明している。

「学歴なんて、聞いてないわ。失礼じゃないの」

「失礼って。ママったら……」

夏希は呆れた声を出し、どう思う？　というふうに昌平のほうを見た。昌平は新聞に目を落とし、聞いていないふりをした。この件にかんしては自分も全面的に同意しているわけではないのだが、妻を翻意させる気力が出ない。

「知らない人を家に入れるんだから、ちゃんと履歴書とか書いてもらわないと。二十六歳で定職についてない男って、どうかと思うわよ」

見舞いと称して昼過ぎに夏希がふらりとやってきて、土産のアイスクリームを食べている途中から、この話になった。妻と娘はダイニングのテーブルで向かい合っていて、昌平はリビングのソファに足を投げ出して座っている。

「だから、自転車屋さんに勤めていたんだってば。ちょうど辞めたところだったのよ」

「なんで辞めたの」

「意見が合わなかったんですって、雇い主の人と。ふつうの自転車屋じゃなくて、ちょっと専門的なお店なのよ。詳しくは聞かなかったけど……だってそんなこと、根掘り葉掘り聞けないじゃない」

「根掘り葉掘り聞くべきでしょうよ……」

夏希が再びこちらを見たので、今度は昌平も仕方なく顔を上げた。

「実際のところ、家に入れるようなことにはならないよ。ゆり子が彼に頼みたいのは車の運転なんだから。必要なときに連絡できるように、携帯の番号を聞いただけだし」

「そうよ。それにすごく親切な、いい子なのよ。ねえあなた」

「うん、まあ、そうだな」

昌平は曖昧に頷く。たしかにあの青年には悪い印象は持っていない。サイクルショップでうんちくを聞かされたときも、何か子供じみた熱心さで、いかつい外見のわりに可愛いところがある奴だなと思ったし、病院の前で助けてくれたときも、困っている者がいたらいつでもごく自然にそうする男なのだろうと感じた。あのときのことは自分にとっては情けない記憶だから、あまり思い出したくはないのだが。

「心配するようなことにはならないよ」

コーヒーテーブルの上に、数日前にゆり子から手渡されたカードがある。「石川一樹」という青年の名前と、彼の携帯電話の番号をゆり子が記したもの。夫婦で一枚ずつ持っていましょうというわけだ。何か助けが必要なときには電話する。青年の手が空いているときなら、来てくれる。ゆり子の説明はあまり要領を得なくて、頼むのは車の運転にかぎらないというニュアンスもあったが、まあそれは今言わなくてもいいだろう。

「それで、料金体系はどうなってるわけ」

夏希が聞く。

「一回五千円ということにしたの」

「一回？　時間は決めないの？」

まったくもって曖昧な謝礼の件について、女ふたりはまた、ああだこうだとやりはじめる。もう放っておこうと決めて新聞に集中しかけたとき、

「パパ、車の運転くらいそろそろやってみなくちゃ。パパがいつまでも甘えてるから、ママがよその男になびくのよ」

という声が飛んできて、昌平は顔をしかめた。


リビングの一角、北側の窓の下に造りつけの細長い机があって、そこが昔から昌平の書斎コーナーとなっている。

昌平は机に対して横向きに座る。机に右肘をのせ、回転椅子の前に重ねて置いたクッションに右足を載せる、という格好で。手術後のむくみを少しでも軽減するためだ。そうしていても快適とは言い難いが、数日前まではここに座る気にもならなかったのだから、回復しているといえるのだろう。回復というよりは進歩、進歩というよりは成長か。今回の怪我は精神修養みたいな側面がある。

家の中には筍を茹でる匂いが漂っている。ゆり子はさっき鍋を火にかけて、今は二階でアイロンかけか何かをしているようだ。筍は午前中に、川沿いの市場で買ってき

た。そもそも米を買いに行ったらしい——市場で精米してもらう米がこの辺りではいちばん旨い——が、大きな筍を二本も一緒に持って帰れたんだから、やっぱり一樹くんに頼んでよかったわと嬉しそうにしていた。この前そういう話になってから、実際に彼に頼んだのは今日がはじめてのことで、電話をするまではさんざん迷っていたのだが。

青年は荷物を持ってキッチンまで入ってきて、そのときリビングにいた昌平にもぺこりと挨拶をしたが、ゆり子のお茶の誘いは断って、さっさと帰っていった（謝礼は玄関先でゆり子が渡していたようだ）。結局、夏希が言うところの「知らない人を家に入れる」ことになってしまったわけだ。どんなもんだろうなと昌平は思う。

自分のせいでゆり子の負担が増しているのだから、それは軽くしてやりたいが、だったらプロの家政婦を頼んだほうがいいのではないかと思ったり、しかしプロに頼むほどの状況ではない、と考えたりもする。結局のところ妻があの青年に頼みたがるのは、助けが必要だからというより、助けが必要であることを曖昧にしておきたいからなのかもしれない、とも。

目下のところ、病院へ行くときはタクシーを使っている（帰りのタクシーは隣接する調剤薬局で呼んでもらえる、ということがわかった)。しかしゆり子はこれもあの青年に頼みたいのだろう。昌平がオーケーを出すのを待っているのだ。どうしたものかな。

次回のリハビリがいつだったかたしかめるために、昌平はスケジュール帳をめくった。鮮やかなブルーのカバーの大きめのスケジュール帳は勤めていた会社のもので、退職した今も毎年末になると送られてくる。

見開き一週間がバーチカルになっており、朝六時から午後十一時までの予定が三十分刻みで記せる。同じ仕様のものは市販品にはなかなか見当たらなくて、勤めていた頃ももっぱらこればかり使っていた。朝六時から夜十一時まで働けってことだよなというのは社内のお決まりのジョークだったが、実際、当時は朝から晩までほとんどの欄が予定で埋まっていた。

昌平はMR(製薬の営業)としてキャリアを積んできた。大病院に食い込むためには医者に食い込めというのがあの頃の鉄則だったから、そのために早朝や夜や週末の時間を使った。ゴルフや会食、交流会による接待はもちろん、引越しを手伝い、医者の妻の買い物に付き合い、子弟の運動会を応援に行き、ときには彼らの自宅の伸びすぎた植木の剪定まで引き受けた。それらのほかにむろん通常の業務の予定もあるから、スケジュール帳はいつでも、びっしりと書き込まれたボールペンの文字で黒々としていた。

しんどかったが心沸き立つ日々でもあった。やればやっただけ結果が出たからだ。医者に同行して海釣りに行ったことがあるが、船酔いに苦しみながらもはじめて竿に魚の重みを感じたとき、そして二十センチほどの鱚（きす）を一匹釣り上げたとき、ああ、俺の仕事はこれに似ている、と思ったものだった。あるいは中学高校時代に続けていた剣道の、一本取ったとき竹刀に感じる手応えを思い出しもした。ＭＲに向き不向きがあることはたしかだ。どうがんばっても結果が出せずに、あるいは自分がやっていることに疑問を感じて辞めていった人間も見てきた。幸い、自分は向いていたのだろうと昌平は思う。それを幸いと思えるようなあなただから、向いていたのよ、とゆり子なら言いそうだが。

次のリハビリは明日の午後一時からだった。見開きの左ページ、水曜日の時間軸の中程に、その予定がぽつんと書いてある。

ほかに書き込んであるのは金曜日で、これもリハビリだった。今週の予定はこのふたつだけだ。余白ばかりのページを、昌平は意味もなく眺める。

それから、何かが間違っているような気分になって、スケジュール帳を最初からめくっていった。一月、二月は比較的予定が入っている。ＯＢの新年会、ゴルフ。出席はしなかったが、新薬発表会の日時も書き込んである。三月には夫婦で温泉旅行、長男宅訪問（孫の誕生日）。丸ふたつに棒を引っ張ったマークは自転車のつもりで、これは予定ではなく、乗った距離と時間を記録してある。

そうか、最近のページがいやに白っぽく感じられるのは、骨折以来自転車マークを描けないからだ、と昌平は考える。だが、理由はそれだけか？　そういえば発表会の通知がずっと来ていない。出席しても知っている顔は少なくなって、役に立つわけでもなくただ愛想笑いを浮かべながら座っているだけだから、以前のようには出かけなくなっている。それで、通知も来なくなったのか。あるいは、通知リストから外される年齢、というのがあるのか。

ゆり子が階段を降りて来る足音が聞こえて、反射的に昌平はスケジュール帳を閉じた。キッチンへ行く前にちらりとこちらを見て、不審げな表情になった妻から、昌平は慌てて目を逸らした。

担当の理学療法士の女性に、昌平はこっそり「カクニ」という渾名(あだな)をつけている。豚の角煮のカクニだ。脂肪分と味の濃さとしつこさがおおむね一致している。男のようなショートカットで、年は四十歳くらい、六、七人いる療法士の中でおそらく最古参だろう。そのカクニが、「お仕事、なにやってらしたんですかー?」と昌平に聞く。

「そういう質問は、無神経だとは思わないのかね?」

リハビリ室のベッドの上。昌平はカクニからマッサージを受けている。回を重ねて、親密になったとまでは思っていないが、言いたいことが言える関係にはなってきている。

「あーらごめんなさい。聞いてもいいと思える人にだけ聞いてるんだけど」

カクニはからりと答える。実際のところ、この女の無神経さは性質なのか、それとも戦略的なものなのか、昌平にはまだ判断がつかない。

「だいたいどうして過去形で聞くんだ」

「あら、過去形でした? 私」

「そういうところが無神経だというんだ」

「そりゃそうだわね。アッハッハ」

こんな調子なのでいちいち怒るのがばからしくなり、以前のように衝突することはなくなった。だとしても、リハビリがはかどるというものでもない。

パンパンに腫れた右足の指をカクニにぎゅうっと反らされて、昌平は呻いた。

「はいはい。ごめんなさいね。ちょーっとがんばってくださいね。息吐いてー」

最古参とは言ってもほとんど自分の子供たちと同じ年頃の女から「はいはい」などとあやすような声をかけられることにも、それに応じて必死に息を吐いていることにも、昌平は納得がいかない。

「今日は奥様は？」

気を紛らわそうというつもりか、カクニが聞く。買い物、と昌平は短く答えた。

「あれ？　じゃあ、ひとりでここまで来たんですか」

「いや、一緒に来て、僕のリハビリ中に買い物をすませてる」

「へーえ。奥様は活動的ですねえ」

昌平は荒々しく息を吐いた。ゆり子がひょっこり入ってきたのはそのときだった。

「あら！　息子さん？」

カクニが大きな声を上げる。ゆり子のうしろには一樹青年もいるからだ。今日は彼の運転で、自家用車でここまで来た。妻の笑顔は、心なしか誇らしげに見える。

*

一樹くん。

あの老夫婦から、一樹はそう呼ばれている。

名前を教えたあと、最初はばあさんが「一樹さん」と呼んでいた。それからじいさんを病院へ送っていくようになり、彼が「一樹くん」と呼びはじめて、ばあさんはじいさんに従うことにしたのだろう、今ではそっちの呼びかたに統一されている。

一樹くん。

今日は空いているかしら、一樹くん？　少し待っててもらえるかしら、一樹くん？　面倒かけるね、一樹くん。すまないが、ちょっとそのドアを押さえていてもらえるかな、一樹くん。

呼びかけられるたび、奇妙な気分になる。嫌味をべつにすればこれまで誰からも、そう呼ばれたことはなかったからだ。両親と兄姉からは一樹、またはカズと呼ばれていた。たいていは怒声で。悪い子供だったからというより、よく怒鳴る家族だった。父親が田畑(でんぱた)を売って工場で働くようになってから、まるで家族揃ってその工場の部品になったみたいに、誰もかれもが金属的な声を発するようになったのだ。小学校低学年の頃は石川くんと呼ばれていた記憶があるが、一樹くんとは呼ばれなかった。石川、一樹、カズ、おい、おまえ、そこの。それから先は、そんなところだ。

一樹くん。

その呼びかたは、まったくあの老夫婦に似つかわしい。やわらかく、なまぬるく、たよりないふたり。これまで一樹の人生にはついぞ縁がなかった人種。いったいどうして俺は彼らとかかわってるんだろうなと、これも奇妙に思う。

もちろん、金のことがある。まあそれが唯一にして最大の理由だろう。車でせいぜい十分十五分の距離への送迎で、彼らが用事をすませている間は近くでぶらぶらしていればよくて、小一時間で五千円、そんな仕事はなかなかない。

短時間とはいえじいさんばあさんと付き合うのはかったるいが、電話で都合を聞かれるから、ヒマでも行く気にならなければ断ればいい（といっても、これまで断ったことはないが）。いよいよ面倒になってきたら、携帯電話の番号を変えちまえばいい。

そのあとあの家や病院の周りに近づかなければ、それであっさり縁切りだ。女と同じだ。

それで、一樹は美穂のことを思い出した。あの日病院で、老夫婦のためにタクシーを呼んでやったことで、女に見直されたというか、彼女の気持ちがちょっとばかり戻ったのだった。金は渡してくれたしあらためてその夜会って飲みに行き、そのあとは彼女のマンションにしけこみもした。だが結局それきりになっている。事が終わったあと、やさしい言葉のひとつもかけずにさっさと女から離れたせいだ。

そもそもあの日、タクシーを捕まえようと四苦八苦しているばあさんのほうへ近づいたのは、駐輪場へ向かって来ようとしている美穂から離れるためだった気がする。あの時点で、女に会いに来たのが間違いだった、べつに金ももういいやという気分になっていたのだ。老夫婦をタクシーに乗せたあとそのまま帰ろうにも、自転車は駐輪場に停めてあったから、結局はそこで待っている彼女に会うほかなかったのだが。あなたって本当に困ったひとね。会うなり美穂はそう言ったが、その表情は受付で会ったときよりもずっと柔らかくなっていて、だからそこにつけ込まなければならないような気になってしまったわけだが。

今日はポスティングのバイトをしている。

効率よく稼ぐために二社かけもちで配っているので、デイパックがずしりと重い。以前はごっそりさばけたマンションの集合ポストの前に、今日は「チラシ・パンフレットお断り」の札が貼ってあり、管理人室の奥から男がこちらを睨んでいたので、投函せずに引き返すしかなかった。半分くらいどこかに捨てちまおうかという誘惑と戦いながら、のろのろと自転車を漕ぐ。

次の住宅密集地を目指しながら、ふっと道を逸れる。しょぼい商店街を下りていく。午後二時という時間帯でも、あいかわらず閉まっている店のほうが多いが、花屋は今日もちゃんと開いていた。

いったん店の前を通り過ぎてから、隣の床屋の前で自転車を降りて押して戻った。薔薇の鉢が並ぶ向こうの、店の奥をそっと覗く。この前会った女が、立ったまま机に向かって何か作業しているのが見えた。どうしようかと思いながらつい見入っていると、ぱっとこちらに顔を向けたので、目が合ってしまった。

「こんにちは」

にっこり微笑みながら、女は店頭へ出てきた。

「こんにちは」

と一樹が口真似のように返すと、女の瞳がちょっと大きくなった。

「チューリップの人」

「覚えてた？」

「はい。自転車でわかりました」

この前はうしろでひとつに束ねていた髪を、女は今日はそのまま垂らしていた。肘の辺りまである長い髪だ。垂れ気味の目は大きくて、睫（まつげ）がふさふさしている。背が高くて顔が小さくて、ひょろりとしている。触ったら溶けそうだという印象はこの前のままで、一樹はラムネを思い出す。口に含むとしゅわっと溶けてしまう菓子。口に含んでみたい、と思った。

「いらっしゃいませって、今日も言わなかったね」

「あ、そうでしたね。なんかだめみたい。どうしてもこんにちはになっちゃって」

「いいよ、こんにちはで」

女はちょっと照れたように微笑んだ。

「今日も花束ですか」

「名前教えてよ」

「それが用事?」

「うん。そうみたい」

一樹も照れながらそう言った。実際のところ、「そうみたい」であることに、自分でも驚いていたのだ。

「森晴子。晴子は晴れた子」

少しくだけた口調になって女は言った。

「俺は石川一樹。数字の一に樹木の樹」

一樹も言った。俺を知っているやつらにこんな会話を聞かれたら、大笑いされるだろうなと思いながら。

「一樹くん」

女がひとりごとのように呟いたので、「え?」と一樹は聞き返した。

「あ、一樹くんってへんね。一樹さん、ね」

「いや、いいけどべつに。そっちのことはなんて呼べばいい」

「晴子さん？」

「それはへんだろ。俺が一樹くんでそっちが晴子さんって。ぜったいそっちが年下だろ」

「あら、そう？」

女がきょとんとした顔をしたので、一樹は笑った。小さく声を出して笑っただけだったが、こんなふうに笑ったのは久しぶりだと思った。

スマートフォンが鳴ったのはその日の夜七時過ぎだった。八時に晴子と食事の約束をしていたから、ドタキャンされるのかと恐る恐る画面を見ると、発信者は「大楠」だった。老夫婦の苗字だ。

「明日、何時でもいいんだけど、少し時間取れないかしら」

ばあさんが言う。夕方なら行けますけどと一樹は答えた。

「お仕事のこと、ご相談したくて。決まった日に決まった時間、来ていただけるとうちも一樹くんも都合がいいんじゃないかって、主人と話してて。無理ならそう言ってほしいんだけど……お金のことなんかもきちんと決めておきたいし……」

「わかりました。とにかく明日、行きます」

五時の約束をして電話を切った。これまでの自分なら面倒にしか感じなかった提案を、すでに受け入れる気分になっていた。日にちが決まっていれば定収入としてあてにできるし、晴子とのデートをじゃまされることもない。それにこれは、これまでの自分にはめずらしい「まともな仕事」だと思えた。まともな仕事がしたい気分に、一樹はなっていた。

3

ゆり子が、のちに夫となる昌平と出会ったのは、ミセス・ロビンソンの家だった。

一九七〇年のことで、ゆり子は二十三、昌平は二十六歳だった。

ミセス・ロビンソンはゆり子の親戚の知り合いの商社マンの奥さんで、英会話を教えていた。ずっとあとになってから知らされたことだが、来日してからホームシックにかかり塞(ふさ)ぎ込んでいたので、気晴らしになればと英会話教室をはじめることにしたらしい。だから生徒は知り合いや、知り合いの知り合いにかぎられていて、授業といっても日曜日の午後の一時間、お茶と夫人手作りのお菓子が並ぶテーブルを囲んで、お喋りともいえないお喋りをするだけ――夫人はまったく日本語ができなかったし、当然ながら生徒たちは同じくらい英語ができなかったから――だった。

ミセス・ロビンソンというのは渾名だ。本当はミセス・ジョンソンだったかジョーンズだったか、そんな苗字で、本人にはアイリスと呼びかけていた。二年くらい前に映画『卒業』がヒットして、ダスティン・ホフマン演じる主人公を誘惑する人妻役のアン・バンクロフトの、神経がキリキリした感じを思い起こさせたから、陰でミセス・ロビンソンと呼んでいたのだった。

でも昌平は、その渾名のことを知らない。ミセス・ロビンソンが通じるのはゆり子の従兄の尚也だけで、尚也から誘われて、というか、尚也が行くから、ゆり子もミセス・ロビンソンの家に通っていたのだった。尚也はゆり子の初恋の人だった――今にしてみれば、周囲の娘たちのように恋というものをしてみたくて、その相手を身近にいた尚也にした、ということだったのだろうとわかるのだけれど。その証拠に昌平と知り合ってからは尚也はあっさり「慕わしい兄」に格下げされたわけだけれど。

英会話教室がはじまったばかりの頃、いろんなことがよくわからないまま、銀行の掲示板に生徒募集の広告を出していたらしい。知り合いでもなければ文句を言いたくなるレベルの授業内容だということに関係者の誰かが気づいて、あっという間に取り下げられたという話だが、その短い間に、昌平はたまたまそれを見たのだった。彼が惹かれたのは破格に安い授業料だった。あの頃、すでに社会人で、忙しい日々を過ごしていた昌平が、貴重な休日を使ってどうして英会話を習う気になったのかについては、今もってゆり子ははっきりした理由を説明されていない。まあ、必要になるときもあるだろうと思ってさ、というふうに夫は言うが、何となくはぐらかされているように感じる。いずれにしても、とにかくそうしてゆり子は昌平と出会った。

私鉄をひと駅ずつ乗り継ぐ距離を、天気が良ければゆり子は自転車で通っていた。赤い自転車に跨がって、スカートひるがえして、颯爽とあらわれたよなあ。今でも昌平はその頃の話が出るたびに、からかう口調で言う。だからゆり子も若かった自分のそんな姿を思い出す――夫の言葉が記憶に逆流して、どこか脚色されているようでもあるその娘の姿を。

思い出すたび、不思議な気持ちになる。そんなときが自分にあったということが。あのとき昌平と出会って、翌年に結婚し、睦郎が生まれ夏希が生まれて……日々は今日までちゃんと繋がっているし、まだほとんどのことを覚えているのに。赤い自転車に跨がって、スカートをひるがえし、颯爽とあらわれて——ミセス・ロビンソンの家の前にたった今到着したふりをしながらあきらかにゆり子のことを待っていた昌平を見つけて、嬉しくなりながら手を振った娘は、自分であるようなまるきり違う娘であるような、繋がっているようでいないような、何か小さなケーキの箱に閉じ込められて、丁寧にリボンをかけてどこかにしまってあるような感じがする。

階段の途中に一樹がいて、脚立に乗って電球を取り換えてくれている。

毎週木曜日の午前九時から十二時までの三時間、手伝いを頼むことになった。今日がその二回目だ。昌平のリハビリの予約をその時間に合わせて入れるようにして、病院まで送ってもらったあとは、ゆり子の買い物に付き合ってもらったり、家のことを頼んだりする。その後、リハビリを終えた昌平を病院まで迎えに行って帰ってくると、ちょうど三時間くらいなので、一回に七千円払うことで話が決まった。

月に四回木曜日があれば、約三万円になる。この金額については、一樹に提示する前に昌平とふたりずいぶん迷った。蓄えがあり、医療保険のお金は通院日数のぶん入るから、家計的に無理があるというほどの金額ではない。ただ、この先また何が起きどうか。

るかわからないし、定収入は年金だけという状況で、こういう出費をしていいものか

それでたまたま電話してきた長男の睦郎にちょっと相談してみたら、じゃあ俺が毎月二万円出すよと言ってくれて、心が決まった。お金のことより、一樹を雇うことに息子が賛成してくれたのがゆり子には嬉しかった――睦郎に負担をかけるのは申し訳ないけれど、息子にしてみれば、金を出してすむことならそっちのほうがありがたい、ということろだろう。

「落ちないでね」

うしろを通りざま、ゆり子は一樹に声をかける。階段を照らすウォールランプは高いところに付いているので、骨折する前の昌平が替えるときでさえいつもひやひやしていた。

「ちょっと下で電話をかけるけど、いいかしら」

「どうぞ。ここ終わったら二階の掃除しますから」

「他人を家に入れる」ことはともかく、他人に家事の一部を任せることには、昌平よりもゆり子のほうに抵抗があったのだが、それも一度経験してみればあっさり慣れて

しまった。二階まで掃除機を運んでいったり、浴室やキッチンをいつもピカピカにしておくのは、今の自分にとって存外に体力気力を使うことだったのだと、一樹に任せてみて気がついた。トイレ掃除まで頼むのは、まだ遠慮があるけれど……。

ゆり子は電話の子機を持ってダイニングの椅子に腰掛け、アドレス帳をめくった。尚也に電話をするのは久しぶりだった。初恋の従兄は建築家になり仲間数人と事務所を構えて、この家を設計してくれた。今でも現役で仕事をしている。

「もしもし、ゆり子ですけど」

電話に出たのが尚也だとわかったので、ゆり子はそう名乗った。

「やあ。どうも」

無愛想な声が返ってきて、ゆり子は奇妙に思った。もともと、よけいな愛想を口にしない人ではあったが、それでも相手がゆり子とわかればすぐに愉しげな口調になるはずなのに。

「今、お話しできるかしら。お伝えしてなかったけど、この春は大変だったのよ。夫が自転車で転んで……」

昌平が骨折したことについて、尚也が心配しすぎず、むしろ面白がるような言葉を選んでゆり子は話した。それはたいへんだったねと尚也は言ったが、その言いかたも彼らしくなく何か上の空な感じだった。

「……それで、うちの階段に手摺をつけたいと思って。こういうことになる前からその話は出てたんだけど。そんな年齢になったことを、とうとう受け入れざるを得なくなったということよね」

「まあ、そうだね」

尚也の応答のそっけなさに、ゆり子はいよいよ不安になる。何か怒っているのだろうか。この種の話を聞かされることに倦んでいるのか。そのとき庭のほうから、聞き覚えがある音が聞こえてきた。神経に響く音。ゆり子はおそるおそるカーテンの隙間から外を覗いた。

また切っている。

隣の青年だ。今日は仕事は休みなのだろうか。うちの木を切るために休みを取ったとか？　まさか。今日も高枝切り鋏をふるっている。不自然なほど体を伸ばして彼が切っているのは今日はキンマサキではなく、モッコウバラではないのか。

「……それで、電話したのは、お願いできないかと思って。その、手摺を……」

ゆり子は窓から離れて、話を続けた。今は自分のほうが上の空になっているが、とにかく用件を伝えなければ。

「近くに工務店とかないの？」

「え？　それは探せばあるでしょうけど、どこがいいのかわからないし、デザインのことだってあるし。あまり年寄りくさいのにはしたくないってうちのひとは言うし……」

「年寄りじゃないか」

尚也はそう言って、この日の電話ではじめて小さく笑った。でも、それでゆり子が嬉しくなるような笑いかたではなかった。鋏の音が聞こえてくる。パチン。パチン。バラは今が盛りと花が咲いているのに。

「工務店じゃなくても、便利屋とかでもいいからさ。家の近くで一軒、すぐに頼める店を見つけておくといいよ」

尚也の口調は少し普段の彼らしいものになった。

「でも……尚也さんのところが頼んでる工務店じゃだめなの？　デザインだって、あなたにお願いしたいと思ってるんだけど」

「うん、まあ、それでもいいんだけど。じつはこっちも、ちょっとまずいことになっちまって」

間ができた。尚也の言葉の代わりのように、鋏の音が聞こえた。ゆり子はこのまま電話を切ってしまいたくなった。モッコウバラが気になるし、なにより、これから尚也が打ち明ける決心をしたらしいことを聞きたくない気がして。


電話を切ったあともゆり子は子機を握りしめたまま、椅子に腰掛けていた。鋏の音はもう耳に入らなかった。動悸で体が揺れるような心地がする。

膵臓がん。手術ができる状態ではない。抗がん剤治療。副作用。尚也の言葉をひとつずつ思い返す――そうすれば、それらがべつの意味に変わるとでもいうように。

そういえば去年の暮れに兄の家に親戚が集まったとき、腰痛に悩まされているという話を尚也はしていて、腰を屈めて歩いてみせる姿をみんなで笑っていたのだった。その腰痛が何をしても治らず、ひどくなる一方なので、詳しく検査をしたら病気が見つかったのだという。抗がん剤の点滴はもうやめてしまったそうだ。副作用の辛さと効果を秤にかけて本人が決断し、医者に伝えたらそういう選択もありますねと言われたそうだ。どのみち助からないから残り少ない日を安らかに過ごしたほうがいいってことだよ、医者は暗にそう言ってたんだよと、尚也はさびしそうに言った。

体調がいいときには事務所にもまだ出ていて、今日はたまたまその日だったらしい。そうだな、お宅に手摺を付けるくらいの仕事ならできるかもしれないな、やるよ。最終的に尚也はそう言ったが、だめよ、とゆり子はとっさに返してしまった。そんな大変なときに、うちの手摺なんてどうでもいいわ、あなたは体をいたわらなくちゃ、と。尚也はとくに抗いもせず、じゃあそっちで少し考えてみて、やっぱり僕に頼むしかないとなったら連絡して、ということになって電話は終わった。

ゆり子は自分のつめたさに気づいていた。尚也の申し出を断ったのは、彼の体を気遣ったからではなかった。もう助かる見込みはない尚也とかかわることを避けたのだ。もっとはっきり言うなら、死んでいく彼を見捨てたのかもしれない。失うことから目を逸らせたくて。あるいは「死」からだろうか。尚也はゆり子より三歳年上で、昌平と同じ歳だ。

階段を降りてくる荒い足音がして、はっとして顔を上げた。

「隣の人、バラ切ってるけど、いいんすか」

部屋に入ってきた一樹がいきなり言った。二階の窓から見たのだろう。

「あまりよくはないんだけど」

ゆり子は弱々しく微笑んだ。今の精神状態では隣人に注意する気力はなく、だとすればこのことはもう話題にしたくなかった。

「よくないなら、言ってきますよ」

えっと聞き返す間もなく、一樹は玄関から外に出て行った。ゆり子はびっくりしながら窓から覗いた。大柄な一樹がすたすたと道路を歩いて、隣家に近づいていくのが見える。行かせていいのだろうか、自分も出て行くべきではないのかと思いながら、ただ息を詰めた。

隣家の駐車場に入ってしまうと、姿はモッコウバラの陰になる。「どーもー」という一樹の声がまず聞こえた。気軽な感じだが威圧感もある声。

「何でそれ、切ってるんですか」

花殻がどうとか、虫がどうとか隣人は答えている。一樹の声に比べると小さく、早口なので聞き取りにくい。しかし思わぬ人物の出現に動揺していることは伝わってくる。

「いやいやいや。だからってうちに断りもなく切るのはまずいでしょ。ていうかそっちの敷地には入ってないじゃないですか。どうしても切りたいならまず相談してくださいよ。俺がやるから」

はらはらしながら、そうだ、私もそういうふうに言いたかったのだとゆり子は思った。隣人が何か言っている。伸び上がってこちらのほうを見るので、ゆり子はカーテンの陰に隠れた。

「俺ですか？　知り合いっていうか、今、週一であっちの家に来てるんですよ。ええ、はい。庭も俺の管轄ですから。とにかく勝手に切るのは遠慮してもらえますかね？　はいはい、じゃあそういうことで、どーも、よろしく」

隣人が逃げ込むように家の中に入るのが見えた。もう一度ドアが開かないかどうか見張るように、一樹はしばらくその場を動かず、それからゆっくりとした足取りで戻ってきた。ゆり子は玄関まで迎えに出た。

「大丈夫？　揉めなかった？」

そう聞いたが、自分の胸がせいせいしているのがわかった。

「大丈夫です。いちおう日本語で注意しましたから。これでまたふざけたことやるようなら、いつでも言ってください。今度はもうちょっとわかりやすく注意しますんで」

ゆり子は笑った。自分が笑っていることで、幾分後ろめたくも——尚也にも、隣人にも——なったが、さっきまでよりずっと気分が良くなっていた。

＊

「いやいやいや」

と昌平は言ってみる。するとゆり子が、くすくす笑う。

昌平はほっとする——尚也のことで妻が心を痛めているのを知っているからだ。

「でも、ちょっと使いかたが違うわよ」

とゆり子は言う。うす曇りの午後、夫婦で、ゆり子が焼いたパウンドケーキとともにコーヒーを飲んでいる。もう一杯いかがと聞かれたので、昌平は「いやいやいや」と答えたのだった。

「今のあなたの〝いやいやいや〟は、no, thank you の意味でしょう？　一樹くんのは、you are wrong の意味ですもの」

「うん、まあ、そうだね」

「聞かせたかったわ、あなたに。いやいやいや。それでこちらの言いたいことは伝わったんですもの。私が出て行って回りくどくお願いするより、ずっと簡単で、有効なんですもの。もちろん彼だから簡単で有効だったんでしょうけど……」

うんうんと頷いていると、結局、すでに聞いた話をもう一度最初から聞かされることになる。うちの植物を勝手に切っているらしい隣人を、一樹がやりこめた——妻はそういう言葉は使わなかったが、まあそういうことだろう——経緯。一樹が隣人に注意するときに放ったという第一声「いやいやいや」を、ゆり子がすこぶる気に入っているので、今やそれは夫婦間の流行語のようになっているというわけだった。

「お隣の人たちが今度また何かしたら、私も〝いやいやいや〟って言うわ」

「おいおい……あまり攻撃的になるなよ」

昌平は苦笑する。

「大丈夫なのかな、その……お隣さんとの関係は。その〝いやいやいや〟を、俺は聞いてないわけだけど、脅すような感じではなかったんだよな?」

気になっていたことを聞いてみると、ゆり子はブンブンと音がしそうなほど首を振った。

「迫力はあったけど、丁寧な口調だったわ。ちょっとびっくりしたくらい。そりゃあ、若い男の子だから、完璧にきちんとした言葉遣いというわけではなかったけど」

「それで勝手に木を切らなくなったのはいいけど、これから先ツンケンし合って暮らすのはしんどいぞ」

「ツンケンなんて、そんなつもり私にはないわ。一樹くんのおかげで、やっと正常な関係に戻ったということなのよ。これまでは、なめられていたの。老人のふたり暮らしだから何やったって文句も言えないだろうと思われていたのよ」

昌平はとりあえず「そうかもな」と応えた。キンマサキを勝手に切られたことをゆり子はそういえばしばらく前に愚痴っていたが、そんなに気にしていたとは思っていなかった。隣人への怒りは大仰すぎるような気もするが、「なめられていた」と言われれば、遅ればせながら腹が立ってくるようでもある。

「一樹くんに来てもらうことにして、良かったわ」

ゆり子はそうまとめた。昌平は頷く。まあそうなんだろうなと考える。皿に残っていたケーキを口に運び、もう一切れ自分で切った。妻の手製のおやつを食べるのは久しぶりだ。あの青年を雇って、そういう余裕もできた、ということでもあるのだろう。

「わかったよ。わかったから、早くコーヒーのおかわりを淹れてきてくれ」

ゆり子は目をまるくして見せ、「いやいやいやいや」と言った。


順調に、とまでは言えないが、右足首はそれなりに回復してきている。

それは意外で、喜ばしいことだ――体がまだ回復する力を持っている、ということは。だったら応えてやろうじゃないかという気持ちになっている。最初の頃はもうこのまま一生歩けなくなるんじゃないかと絶望して、痛みもあったし、何をする気も起きなかったが、最近は真面目にリハビリに通っているし、教わった自主リハビリにも励んでいる。

今日もリビングで、ひとりそれをやっている。雨音に昌平は動きを止めて、足の屈伸のために使っていたタオルで額の汗を拭った。空がずいぶん暗いと思っていたが、とうとう降ってきた。大粒の雨がバタバタと落ちてくる。ひとりで出かけているゆり子は大丈夫だろうか。いつもの用心深さで、天気予報をチェックして傘を持っていってるといいが。

キッチンへ行って何か飲もうと考えつつ、なんとなくぼんやり窓の外を眺めた。雨脚はいっそう激しくなっている。開け放たれていた隣家の玄関――よくそうして風を通しているようだ――が、内側からバタンと閉じられるのが見えた。

なめられていたの。ゆり子の言葉が浮かんできて、隣の夫婦のことを考えた。どんなふたりだったか、あまりはっきり思い出せない。もともとそんなに付き合いがあったわけではなく、とくに昌平はこれまで彼らと会ったり喋ったりする機会はほとんどなかった。若いふたりだという印象だけが強くて、世間一般の若い男女のイメージに取って代わられてしまう。

隣の夫婦にしても、それは同じだったのではないか。彼らにとっての自分とゆり子はこれまで、「老夫婦」というぼんやりした影にすぎなかったのではないかと、昌平は思う。今頃はあちらでも、どんな人たちだっけと思い出そうとしているのかもしれない。一樹の登場によって、正しい姿は逆に遠ざかり、新たなイメージが加味されているのかもしれない。どんなイメージだろう？　うかつになめがたいふたり？　抵抗する老人たち？　いっそ、凶悪な老夫婦とか。昌平は、少し笑う。

ソファに座り体をねじって、後ろの壁に掛けてある大きな楕円形の鏡に、自分の姿を映してみる。足首を折って以来、家の中ではもっぱらそればかり穿くようになったグレイのスウェットパンツに、ゆったりしたTシャツ。こういう服装は老人をいっそう老けて見せるものだなと思う。若い頃には一樹と同じくらいあった身長はかなり目減りしていて、腹はさほど出ておらず、太っているとは言えないが、なんとなく全体的に曖昧な肉がついている。昌平はファイティングポーズを取り、「凶悪な」表情を作ってみた。あれこれとポーズを変え、やがて鏡を見るのをやめた。

自分だってかつてはなめていたのだ、と思った。

自分だって、かつては自分より年老いた者たちのことを、侮っていたし、そうでないときには憐れんでいた――自分よりもずっと弱く、劣った者として。その立場はいつから逆転したのだろう？

昌平は今一度、タオルで顔をゴシゴシ拭くと、両脇に松葉杖を挟んで――ずいぶん上手く扱えるようになった、しかし次の課題として申し渡されている、片方だけで歩く練習はまだはじめる気にならない――キッチンへ行き、冷蔵庫から飲みかけのスポーツドリンクを取り出し、椅子に腰掛けて飲んだ。

雨音はうるさいほどだ。ゆり子は尚也の事務所に足止めされているかもしれない。

手摺のことで打ち合わせに出向いたのだった。彼の病気のことをゆり子から聞き、そのあと夫婦で相談した。尚也に手摺のことを頼むべきか否か。昌平は頼みたくなかったが、やっぱり頼みましょうとゆり子が言い、従った。「いやいやいや」以来、妻はどうもアグレッシブになっているように見える。少なくとも、そうなろうとしているのだろう。

ルーレットみたいなものだよなと昌平は思う。たまたま尚也はがんになり、たまたま自分は骨折した。その逆だっておかしくなかった。かつての同僚の訃報も最近はぼちぼち耳に入ってくる。ルーレットは回り続け、良くない数字に玉が入る確率は、歳とともに高くなっていくのだろう。

雨は一晩中降り続いて、明け方にようやく止んだ。朝のテレビでは、大雨の影響による交通機関の乱れがトップニュースになっている。

呼び鈴が鳴り、ゆり子が立った。一樹が「ども」と言いながらのっそりと入ってくる。

「申し訳ない、今日は病院へ行く予定がないんだ」

担当のカクニが休みを取ったので、今日は病院でのリハビリに予約を入れていなかったことを、昌平は一樹に説明した。

「いいっすよ。そのぶん家の中のことやりますから」

「橋を通ってきたんだろう？　川、どうだった？」

「ああ、すごかったですよ。土手のすぐ下まで水が来てて」

「だろう、だろう」

ゆり子が呆れた顔をしてみせる。大雨のあと、増水した川を見に行くのは昌平の趣味なのだ。そんな足で行くのは危ないからおやめなさいと、さっきから言われていたところだった。

「リハビリがてら、一樹くんと行ってくるよ」

そういうことになった。一樹と一緒ならゆり子は安心できるようだ。玄関まで出たところで、ふと思いたって左側の松葉杖を手放した。ゆり子が再び、「まあ」という顔になって見送る。自分がさんざん励ましても言うことを聞かないのに、一樹くんと一緒なら片松葉杖に挑戦するのね、と言いたいのだろう。そういうわけじゃないと言い返したいが、実際のところ、この青年と一緒なら、それまでできなかったことができるようになるんじゃないかという不可思議な期待がある。

とはいえ、家の前から川沿いまで、緩いとはいえ下り坂になっていることを忘れていた。折ったほうの足を地面に着けるのがまだこわいので、松葉杖一本だけだとバランスがとれない。無理だ、と呟くと、ラクショーですよ、と一樹が言った。ラクショー、楽勝か。無責任なやつだと思ったが、その言葉にはある種の効果もあったようで、どうにか下りきった。やりましたね。見直した、という表情で一樹が言い、うん、やったなあと昌平は、すっかりいい気分になって応えた。

一樹が言った通り、川沿いの住宅のすぐ足元まで水が来ていた。橋の上には少なからぬ数の見物人が集まっていて、その中に昌平と一樹も混じった。松葉杖をついてまで野次馬に来るというのは、危険というよりはちょっと恥ずかしいことかもしれない。昌平はこっそり周囲を窺った。見たことがある顔は幾つかあるが、おやまあその足はどうなさったんですかと声をかけてくるような者はひとりもいない。ほっとしながら少々不安にもなる。家を建ててこの地に移り住んでからもう三十五年経つ。もともと近所付き合いに熱心なほうではなく、その傾向はゆり子に比べて昌平はなおさらではあるのだが、それにしても周囲は言葉も交わさぬ相手ばかりになった。

この辺りでは自分たちが最古参で、周囲の住人たちは年とともに更新されていったが付き合いは更新しなかった、という事情もあるだろう。更新しなかったのではなく、されなかったのかもしれないが。今は人付き合いへの考えかたも変わってきているのかもしれないし、近所付き合いなど必要ないと思っている間に、向こうからも必要とされない存在になったのかもしれない。

「うおーすげえ」

一樹の声で、昌平もあらためて川を見た。泥水が渦巻きながらすごい速さで流れていく。

「洪水とか、ここら辺じゃ起きないんですか」

めずらしく一樹のほうから問いかけてくる。欄干に身を乗り出して、子供みたいに川面を見つめている。

「昔、一度あったな。越してきたばかりの頃。うちは無事だったけど、川沿いの家は浸水して大事(おおごと)だった。それきりじゃないかな。調整池ができたせいだろう」

「チョーセーケ？」

と呟いた一樹は、それが何なのかわかっていないようだったが、とくに知りたそうでもなかった。

「俺んちのそばにあった川、俺があっちにいる間に二度溢れたんですよね」

「どこだい？　育ったのは」

栃木のS市、と一樹は地名を口にした。

「すげー臭いなんですよね、水が出たあとって。あれに心が折れるんだよなあ。引いてからもずっと臭ってますからね」

昌平はちょっと動揺した――一樹が自分自身のことを話すのははじめてだったからだ。

「君はいつ、こっちに出てきたの」

無難と思われることを聞いた。十八、という答えがある。ということは高卒後か。進学したのか、就職したのか――それは聞かないほうがいいだろうか。夏希なら、「聞くべきよ」と言うのだろうが。迷っていると、

「八年っすよ、もう」

と一樹が言った。

「あっという間ですね、八年なんて」

「君の歳でもそういうもんかね」

「おかしいですよね。たいていは、かったりーなあ、早く時間が経たねえかなあと思いながら生きてるのに、なんで気がついたら八年とか経ってんですかね？」

昌平は適当な答えを探したが、一樹はそれもとくに求めてはいないようだった。独り言のようなものだったのかもしれない。

でも何か聞きたい、と昌平は思った。この青年のことを、彼がどんなふうに育ってどんなふうに生きてきたのかを、「聞くべき」ではなく「聞きたい」気がした。だが実行するにはまだ遠慮や躊躇があって、結局、

「そろそろ戻るか」

と言ってしまった。そうっすね。一樹は答えて、そこにいることに今はじめて気づいたかのように、昌平を見た。

*

一樹は自転車のスピードを上げる。

このロードバイクは、八年前に当時の勤め先だったガラス工場の先輩から買ったのだった。十万と言われたのを七万に値切ったが、それでもあの頃の自分にとっては

――むろん今もだが――超弩級に高い買い物だった。新品を買えば三十万近くするバイクだったが、譲り受けたのは乗り潰す寸前の、あちこちガタがきているやつで、それ以後、給料の大半を注ぎ込んで、修理したりパーツを替えたりして今も乗っている。

ガラス工場には五年いた。六年目に転職したのは、行きつけになったサイクルショップのオーナーから、いわば引き抜かれたのだった。ガラス工場と同程度の給料を出すと言うので、どうせ安月給ならこっちのほうがいいと思って工場を辞めた。同時に社員寮も出たから、自分でアパートを借りなければならず、結局手元に残る金はそれまでより少なくなったが。

あの店には、何年いたんだっけか。三年か。勤めはじめてすぐオーナーを殴りたくなったが、がまんして三年。とうとう殴って今。それで八年。何も起きなくても、何者にもなれなくても、ただ生きているだけで八年は経ってしまう。この先の八年、十年も同じだろうか。気がついたら大楠のじいさんの年齢になっているのだろうか――失うものばかりで、何ひとつ増やせずに。

一樹はさらにスピードを上げる――そうすれば、月日を遡れるとでもいうかのように。だが、どこまで遡ればいいのか。十年、二十年、二十六年。結局、すべては生まれる前から決定していたのではないのか。

殴ればよかったな、と一樹は考えてみる。

本気ではない。殴りたいほどむかついた、というわけでもない。

ただ、あの橋の上で、ごうごうと流れる泥水を見下ろしながら、今、俺に殴られるなんて夢にも思っていないであろうじいさんの顔に、かるく拳をぶつけたら——それだけでじいさんはぺしゃりと地面にくずおれるだろう——どうなるかな、ということだ。

まずはあのとき、橋の上にうじゃうじゃいた野次馬どもの誰かが悲鳴を上げるだろう。いや、上がらないか？　振り向いた顔をすぐに逸らして、見なかったことにするやつらばかりかもしれない。じいさんに意識はある。何が起きたかわからないという顔で俺を見上げて、それからその眼に、徐々に恐怖と嫌悪が宿るだろう。それからまあごちゃごちゃあって、俺はあの夫婦の家での仕事を失うだろう。じいさんとばあさんに予想外のガッツがあれば、警察沙汰にもなるかもしれない。

それでもいいかもしれない、と一樹は思う。もちろんこれも本気ではない。警察には二、三度世話になったことがあるが、もうまっぴらだ。ラクショーで月三万円が入ってくる仕事をふいにする気もないし、そもそもじいさんを殴る理由がない。ただ、全部めちゃくちゃにしたい、と考えてみるのだ――自分がそうしないことをわかったうえで。しかしそうしたければできるのだ、ということを確認するために。

喋りすぎたこともあるのかもしれない。癖みたいなもので、相手と自分との関係にかかわらず、ときどきべらべら喋ってしまう。何でだろうな、と一樹は自分が不思議になる。べつにじいさんともっと親密になりたいなどと思っているわけじゃないのに。自分のことをわかってもらおうなどとは思ってないのに。そう――一樹は、バラの枝を勝手に切った隣人に、文句を言ってやったときのことを思い出す。じいさんもばあさんもあれで俺のことをすっかり信用したみたいだが、俺にとっては隣の夫婦も、俺を雇っている老夫婦も、同じ側の人間なのに。

駅前で牛丼を食べてから夕方までポスティングのバイトをし、アパートに戻って着替えてから、あらためて徒歩で駅に向かった。

ロードバイクを置いてきたのはこのあと酒を飲む予定があるからだが、自分がらしくなくマメでマジメに思えて、一樹はひとり口元を緩める。

待ち合わせた南口で、駅舎の壁にもたれて待つ。約束の七時半までにはまだ十分以上ある。駅のアプローチはターミナル型の陸橋と一続きになっていて、駅へ向かう者は階段またはエスカレーターで四方から上がってくる。その人波を、一樹は眺める。男、女、若いやつ、年寄り、忙しぶっているやつ、しょぼいやつ。まったく、いろんな種類の人間がいるもんだなと、不思議と愉快な気持ちになって考える。待つことがこんなに楽しいのははじめてだった。間もなく晴子の姿が見えた。

今日は髪を下ろしている。俺の好きなヘアスタイルだ、と一樹は思う。まとめているときも同じように思うのだったが。ゆったりしたチノパンツに、白いTシャツ、水色の半袖のカーディガン。ふわんふわんと歩いてくる——この前「運動神経が鈍い人の歩きかただよね」と言ってやったら怒っていたが。まだこちらには気づいていない。一樹がたっぷり観察したあとで、やっと気がつく。目が見開かれ、次の瞬間、顔じゅうで笑う。

「今日こそ私が先だと思ってたのに」

笑いながら一樹のそばまで来ると、晴子は言う。

「呑気に歩いてくるところを見るのが面白くてさ」

一刻も早く会いたくてたまらないからだ、とは言わない。だが、わかってしまっているだろう、と一樹は思う。

「今日は、どこ行く？」

「ピザとかは？」

と晴子は言う。

「いいね」

どこだってかまわない。晴子に先導されて北口に出る。デートは今日が四回目だ。行き当たりばったりに居酒屋に入ったのは初回だけで、以後はいつでも晴子が適当な店を探してくる。今夜の店は大通りから路地を一本入ったところにあるイタリアンレストランだった。オレンジ色の門灯が、横文字の小さな看板をぼうっと浮かび上がらせている。通路の横には植栽に囲まれたテラス席もある。

これまで一度も入ったことがない、入ろうとも思わなかったような種類の店構えだ。だが、バカ高い食事代の心配はないだろう。心配する必要がない店を、晴子は選んでくれる。晴子には決して払わせないが、だからといってそれほど金があるわけじゃないということも、もう彼女には知られている。仕事のことも含めて、晴子にはまだ嘘を吐いていない。

実際のところ、店内は外観からすると意外なほど広くて、ぽかりと明るく、居心地が良かった。そこそこ賑わっていて、小さな子供を連れた家族なども来ている。観葉植物で仕切られてちょっとした個室のようになっているテーブルを選んで向かい合う。晴子がメニューを吟味してあれこれと注文した。飲みものは銘々にグラスのビール。ふたりとも、さほど酒が強くない。

「私、欲がないのよね」

今夜は、そんな話になった。ソーセージの盛り合わせをつまみながら、晴子のこれまでを聞いた。あの花屋は彼女の父親がやっているのだが、晴子は短大の園芸科を出てからずっと店を手伝っているそうだ。母親は持病があって店にはほとんど出られない、という事情もあるらしい。

「好きな仕事だし少ないけどお給料ももらってるし、家賃も食費もいらないし。自分にはこれでちょうどいいかなあって思ってるの」

欲っていうかもしかしたら向上心がないのかな。そう言って、フフフと晴子は笑う。

そういう言葉の何パーセントが本音なのかはわからないが、百パーセントではないだろう、と一樹は思う。

「一億円もらったらどうする」

ピザを食べながら、一樹は聞く。ガキみたいな質問だが、晴子の答えを聞いてみたくて。

「世界一周かな。船で」

と晴子は即答する。

「あとは？」

「そうか。まだ余るよね。でもあとはどうでもいい。思いつかない」

晴子はそう言って、困ったようにちょっと笑い、「一樹は？」と聞く。結局、いつの間にか一樹、晴子と呼び合うようになっている。

「ロードバイク、これ以上金かけられないってくらい金かけてカスタムして、あとは、そうだな、それに乗って、残りをばらまきながら走る」

「カッコつけすぎ」

晴子の今度の笑いかたは、さっきよりもずっと楽しそうだったから、一樹は嬉しくなる。

ビールからグラスの白ワインに替えて一杯目を飲み干す頃、晴子の目元はすでにうっすら赤くなっている。

「今日は、どんな日だった?」

晴子が聞く。午前中、じいさんばあさんの家に手伝いに行っていることももう知っているから、その話が聞きたいのだろう。

「じいさんと一緒に川を見たよ」

殴ってみればよかったと思ったことなど、もちろん言わない。というか晴子と一緒だと、そんな気分になったことが嘘みたいに感じられる。

4

写真が来たわ。

ゆり子は思う。愉しく、微かにうら寂しいようでもある気分で。

目の前には長男一家が立っている。睦郎、嫁の亜季、十五歳になる孫娘の泉。額縁に入った写真みたい、というのが、いつでもこの一家がやってきたときの最初の印象なのだ。来るときはたいてい一家三人揃っているせいかもしれないし、娘の夏希のようにふらりとではなく、意を決してやってきた、という感じが伝わってくるせいかもしれない。

「まあ泉、また背丈が伸びたんじゃない？」

もちろん、そんな感慨は口には出さず、ゆり子は破顔して迎える。実際のところ、嬉しいのだ――息子の訪問はもちろんのこと、孫や嫁に会うのも。

「伸びてないよう。打ち止めっぽい。ママに似ちゃった」

「なにその言いかた。感じ悪いわねえ」

泉と亜季とが言い合いながら、一家はどやどやと上がり込んでくる。亜季はさばさばした性格だが、細やかな気遣いもできる女性で、嫁姑の間柄はじゅうぶんに良好だ。あなた、あなた。睦郎たちが来ましたよ。ゆり子は二階に向かって呼びかけた。息子一家が今日来ることは知っているし昨日から楽しみにしていたに決まっているのに、呼ばれるまで出迎えに来ないのが昌平という男だ。

見舞いと称しての久しぶりの来訪だった。リビングよりこっちのほうがいいと睦郎が言うので、ダイニングテーブルを囲むことにした。ゆり子がお茶の支度をしている間に昌平が降りてきて、女ふたりがきゃあきゃあと――右足首にサポーターを巻き、片松葉杖をついた姿への労りと励まし――騒いだ。いつものことだが、男たちは嵐の中で身を縮めているような按配になってしまう。

「アップルパイを焼いたのよ」

ゆり子はお茶に続けてパイを運んできた。

「おじいちゃんたら、もうつまみ食いしたの？」

歓声を上げたあとで泉がそう言ったのは、ホールのパイが一切れぶん、切り取られているせいだ。

「おばあちゃんがボーイフレンドに真っ先に食べさせたんだ」

ゆり子が答える前に、にやにやしながら昌平が言った。

「だってちょうど焼きあがったときに、一樹くんがいたんだもの」

「一樹くんって？」

「週に一回、手伝ってもらってる男の子」

ゆり子は孫娘に教えた。ああ……、というふうに息子一家は顔を見合わせた。

「いい人が見つかってよかったですよね。家の中、うちよりよっぽどきれい。いつものことだけど」

　亜季が笑いながら言い、

「イケメンなの？　そのひと」

　泉が言った。

「さあ、どうなのかしら。おばあちゃんはよくわからないけど、泉はかっこいいって思うかもしれないわね」

「へえ、かっこいいんだ。いいじゃん」

「手伝いのひとって男だったんだっけ？」

　ようやく睦郎が口を挟み、そう聞いたじゃない、と亜季から言われている。

「写真」は立体になり、ゆり子はあらためて奇妙な感慨にとらわれる。同じテーブルを家族四人で囲んでいたときのことが、ふっとよみがえってくるせいだ。

昌平と自分、睦郎と夏希。子供ふたりが学校へ通っていた時期の朝食や、土曜日や日曜日の食卓。それは大昔のことに思えるし、ついこの間のことのようにも思える。

　このテーブルは、今の家に引っ越してから買った。漆作家の展示会を見に行って、胡桃(くるみ)漆器以上に陳列台が気に入ってしまい、無理を言って譲ってもらったのだった。

の一枚板の、シンプルで堅牢なテーブル。このテーブルを使いはじめたとき、睦郎は八歳で夏希は六歳だった。やんちゃ盛りだった子供たち――当時から睦郎は、妹の挑発をうまくかわす術を心得ていたけれど。

週に数回のことでも、一家揃って食事ができた時代は、それから何年くらい続いただろうか。最初に家を出て行ったのは夏希だった。二十二歳でアメリカへ行ってしまったのだが、正月には帰ってきていたし、決定的な独立という感じはしなかった。それから睦郎が、結婚して家を出た。いよいよこれで昌平とふたりきりだと意識したのはそのときだったか。だが、数年後に夏希が帰国し、家でふらふらしていた時期もあった。そして彼女がまた出て行って、それから……。いつの間にか食卓には昌平と自分しか着かなくなった。そう、いつの間にか、だったのだ。家族四人で食卓を囲んだ最後のときがいつで、何を食べ、どんな会話をしたのか、私は覚えていない、とゆり子は思った。

「おばあちゃん、これマーガリン使った?」

泉の声に、ゆり子の意識は現在に戻った。切り分けたアップルパイを、それぞれ口に運んでいるところだ。

「あら、やっぱりわかる？　急に思い立って作ったから、バターが足りなかったのよ。それで半分くらいショートニングを使ったの」

「そっか。おいしいけど、やっぱりいつものバターだけのやつのほうが好き」

「生意気ねえ、この子ったら」

亜季がちょっと慌てたようにとりなしたが、

「ちゃんとわかるんだから、たいしたものだわ」

とゆり子は微笑んで応じた。自分でも食べてみると、たしかにちょっと油臭いような味がする。ショートニングが古い——何かでもらったか、間違って買ったかしたものが抽斗（ひきだし）の奥に入っていた——せいもあるのかもしれない。孫たちにどうしてもアップルパイを食べさせたくて、半量くらいならそれほど味に影響しないだろうと思って、使ってしまった。

「ごめんね。残していいわよ。次に来るときにはちゃんとおいしいの作るから」

「残さないよ、これもおいしいよ。いつものが超絶おいしい、って言いたかっただけだから」

「やさしいわね、泉ちゃんは」

俺は全然違いがわかんないけどなあ、と昌平が呑気な口調で言い、旨いよな、すごくおいしい、と睦郎夫婦も口々に言った。ゆり子もそれほど気にしたわけでもなかった。ただ、同じパイを一樹にも食べさせてしまったことを、ちらりと考えただけだった。

睦郎が運転する彼の車で、近くの中華料理店へ夕食を食べに行き、ゆり子と昌平を自宅まで送り届けると、長男一家は世田谷区の自宅へ帰っていった。

「お茶を淹れましょうか」

午後十時前、ダイニングに腰を落ち着けると、ゆり子は夫に聞いた。ティーセットやパイの皿は、出かける前に嫁と孫とできれいに片付けてくれたから、テーブルの上には何も載っていない。

「そうだな……いや、いいや。店でもジャスミン茶を飲んだし」

「じゃあお風呂を溜めましょうか」

「うーん……」

結局、入浴もしないまま昌平は寝に行ってしまった。疲れたのだろう。たしかにゆり子も、自分が消耗していることを感じた。息子一家が訪ねて来てくれて嬉しい、という気持ちは本当なのに、それとともに疲れがある。何をしたわけでもないのに……。

孫娘の伸びやかさや、息子夫婦の、本人たちは無自覚であろう力強さ、まだまだやりたいことは何だってできるであろう旺盛さに、暑気あたりのように気持ちが負けるのかもしれない。それに彼らが帰ったあとの家の中が、来る前よりがらんと殺風景に見えるせいもあるのだろう。

数日後の夜、その電話を取ったのは昌平だった。

「一樹くん、明日は来られないそうだ」

洗いものを終えたゆり子にそう言った。

「あら。どうして」

「なんか体調が悪くて、病院へ行きたいらしい。ずっと腹を壊しているとか……」

「ええ？　大丈夫なのかしら」

「ノロとか、腹にくる風邪じゃないのかな。明日はタクシーを呼ばないと」

昌平は一樹の体調よりも明日のリハビリの心配をしているようだった。自分が電話に出ていれば、もっとちゃんと聞いたのにと、ゆり子はその日はずっと気になっていた。

ところが翌日、ゆり子がタクシーを呼ぶために受話器を手にしたところで呼び鈴が鳴って、一樹がひょっこりとあらわれた。体は大丈夫なのかとゆり子が聞くと、もう治った、と言う。

「病院に行くんじゃなかったの？」

「治ったし、大丈夫です」

それならまあ良かったわと思うことにして、ゆり子は昌平とともに一樹が運転する車に乗った。昌平がリハビリをしている間、買い物をするつもりだった。そうだ、ケーキ用に小麦粉も買い足しておこうと考えていたら、アップルパイのことを思い出した。

「お腹壊したのって、いつから？」

あのあとショートニングの賞味期限を調べてみたら、半年ほど過ぎていたのだった。腐るようなものではないし、来訪の翌日に電話をくれた嫁も何も言ってはいなかったが、万一ということがある。

「けっこう前ですね。そうそう、先週、ここに来た翌日に、猛烈に腹が痛くなって」

果たして一樹がそう答えたから、ゆり子は思わず「やっぱり……」と呟いてしまった。

「やっぱりって？」

「先週、一樹くんに味見してもらったアップルパイ、ちょっと古い材料を使っちゃって」

「マジで？　ほかにも誰か腹壊した人がいるんですか」

「ううん、今のところ大丈夫みたいだけど」

「わからんぞ。言ってこないだけで、睦郎たち全員ピーピーだったかもしれん」

昌平が口を挟んだ。

「いやだ、そうかしら」

「冗談だよ、冗談。俺もゆり子もどうもないんだから。それとも一樹くんの腹はよっぽど繊細にできてるのかな」

「腹はマジ弱点なんですよ。昔っから弱くて」

「本当にごめんなさい」

「いや、パイはたぶん関係ないですよ。俺、しょっちゅう拾い食いしてるから」

めずらしく冗談らしきことを一樹が言い、昌平が少し大げさに思えるほどの笑い声を立てた。そのときはゆり子も一緒に笑って、そのあと「一時は五分おきにトイレに駆け込む状態だったから、バイトを二日休んだ」という話を聞いていた。

だからそれは予定の行為ではなかった。突然、思いついたのだ。あとになってゆり子は、このときのことを度々思い返すことになった——どうしてあんなことをしてしまったのだろう、あれが間違いだったのだ、と。

昌平を病院まで送り届け、一樹に市場まで車を回してもらって、買い物をすませたあとのことだった。買ったものを一樹が後部座席に積み込んでくれていたので、ゆり子のほうが先に助手席に乗って待っていた。ふっと手が動いて、財布から一万円札を取り出し、ポケットティッシュで手早く包んだ。運転席に乗り込んできた一樹に、それを渡した。

「なんですか、これ」

一樹はきょとんとした顔で訊ねた。

「お詫び。へんなもの食べさせちゃったから。お腹壊したせいでバイト休んだんでしょう？　だから……」

一樹は包みを見下ろし、眉を寄せてゆり子を見た。その表情にあらわれている違和感にゆり子は怯んだ。だがもう遅い。渡してしまったのだから。受け取ってもらわなければ解決しない、と思った。

「何が原因かはわからないけど、とにかく私のパイのせいだっていう可能性もあるわけだから。ね？　たいした金額は入ってないのよ」

すると一樹の険しい目つきが消えて、ほとんど無表情と言っていい顔になった。

「ども」

手にした包みで拝むような真似をしてから、一樹はそれをポケットにしまった。

＊

玉貸機のスリットに、一万円札はするすると吸い込まれていく。

出てきた玉で、一樹は小一時間ほど打った。

パチンコをするのは久しぶりだった。つまらない、と思った。もともとギャンブルにはまるタイプではない。パチンコをしようと思ったのは、ティッシュに包まれた一万円はパチンコに使うのがふさわしいように思えたからだった。これで入れば少しは気分が上がったのかもしれないが、たちまちすった。あーあ、と思いながら立ち上がる。

「一樹？」

呼ばれて振り返ると、知っている顔が見上げていた。

「辰夫か？」

高校の同級生で、ガラス工場にも一緒に就職した男だ。辰夫のほうが先に工場をやめて、それきりになっていた。

「なんだよ、この近くに住んでんの？」

「なにやってんの？　今」

短く言葉を交わして探り合う。互いに曖昧にしか答えなかったが、わかったのは、似たり寄ったりの現状だ、ということだった。昼日中のパチンコ屋でばったり会ったのだから、推して知るべしなのだろうが。

「もう帰るの？　玉分けてやるから隣座れよ」

辰夫の台の足元には満タンのドル箱が四つ重なっている。

「いや、今日はいいや。このあと行くとこあるし」

一瞬迷ったが一樹はそう答えた。懐かしさがないわけではないが、さほど旧交を温めたい相手でもなかった。

「じゃあ、そのうち飲もうぜ」

携帯の番号を交換して別れた。

おかしな日だな、と一樹は思う。

大楠のばあさんからぽんと一万円をもらって、何年も会っていなかった辰夫に会って。おかげでガラス工場で働いていたときのことや、その前の高校時代のことを思い出しもした。高校時代はよく、辰夫とつるんでいた。こいつより俺のほうがまだマシだよなと思うために、つるんでいたような気もする。たぶんお互いにそうだったのだろう。

もし今日、あいつと飲みに行ったら、一万円もらったことを面白おかしく話したかもしれない。やったじゃん、と辰夫なら言うだろう。そうしたら少しは気分が良くなったかもしれない。いや、自分と同じようなやつにそう言われても、よけい滅入るだけか。

一樹はそこまで考えて、ようするに自分は気が滅入っているのだ、ということに気づいた。一万円をティッシュに包んでよこしたばあさんに対しても、それを受け取った自分に対しても。

腹を壊したというのは嘘だった。

昨日、晴子がはじめて一樹のアパートに来たのだった。

その時間があまりにもすばらしかったから、今日も一緒にいたかった。だから大楠家に電話をかけて、思いつきの嘘を吐いた。だが、その電話を横で聞いていた晴子から怒られてしまった。ちゃんと行かないとだめよ、と。それに泊まることはできないと言うので、結局、今日はいつも通りにじいさんばあさんの家に向かったのだった。

腹が弱いというのはまあ本当だが、アップルパイのことなど欠片も考えていなかった。材料が古かったようなことを言っていたが、べつにへんな味はしなかった。食べた日の翌日に腹が痛くなったと言ったのは、単なる話の流れというか、そのくらい前から具合が悪くなったことにしたほうが説得力があるような気がしたからにすぎない。それをばあさんが、勝手に自分のせいだと思い込んだのだ。話しているうちに勢いづいて、五分おきにトイレとかバイトを休んだとか、どんどん話が広がってしまった。

あの家での仕事の報酬が日払いということになっていた頃、それはいつも帰るときに、封筒に入れて渡されていた。毎回、まっさらの封筒だったから、無駄なことをするもんだなと思っていたが、それが金持ちのやりかたというものなのかもしれない。突発的に見舞金を渡すときにも、札をそのまま突き出したりはせず、ティッシュに包んで恭しく差し出すわけだ。受け取ったときの感触がまだ指先に残っている。いやな感触だった。

一樹は立ち上がり、さっきからずっとゴトゴト沸いている薬缶(やかん)の火を止めた。カップ麺を作り、うまいともまずいとも思わずにかき込む。ぱっとしない気分のまま、パチンコ屋を出てまっすぐアパートに帰ってきた。

六畳の和室に、二畳ほどの台所がついた部屋。風呂もトイレもついているが、築四十三年という、建っているのが不思議になるくらいのボロアパートで、家賃は三万五千円。

一樹はきれい好きなほうだし、ものを溜め込むタイプでもないので、部屋は狭いなりにすっきりしている。むしろ殺風景と言っていい。布団は万年床にせずちゃんと毎日押入れに上げている(昨夜、晴子を抱くときにそれを下ろして敷くのが決まり悪かった。晴子がクスクス笑ってくれたから救われたが)。服を収納するためのビニール製のロッカー、自転車関係の本や雑誌と雑貨を詰め込んであるカラーボックス、折りたたみ式の小さな四角いちゃぶ台。家具といえるのはそれくらいだ。大楠家を掃除しているとき、でかいベッドが二台並んだ寝室に入って、この部屋より狭いところに俺は住んでるんだなとよく思う。

座布団を背当てにしてカラーボックスにもたれて、カップ麵の容器を抱えて一樹は食べた。ちゃぶ台は組み立てたままになっていたが、その上にカップ麵を置きたくなかったのだ。ちゃぶ台の上にはガラスのコップがあって、コップには花——あいかわらず名前を覚えられなかったが、黄色い花が釣鐘(つりがね)みたいに咲いていて、いい匂いがする——が一輪差してある。昨日、晴子が来てくれることを念じて、昼間自分で買っておいた——晴子の店ではなく、スーパーの軒先の生花店で——ものだ。晴子は部屋に入ってきてまずこれを見つけて、やっぱりクスクス笑っていた。

食べ終わったカップを台所に片付けに行き、再び同じ場所に戻ってきて、一樹はその花を見つめる。晴子に会いたい、と思う。昨日会ったばかりなのに。だがどうしようもなく会いたい。また体に触れたい。いや触れなくてもいい。会うだけでもいい。

だが今、電話をかけたら、晴子は俺が触れたがっていると思うかもしれない。体の欲望だけで彼女を求めていると。そう思われたくない。そうじゃないんだ、と伝えるために会いたい。だが電話をかけたら……。

堂々巡りの思考に溺れたような気分になり、一樹は自分に呆れる。溺れているのだとすればその水は甘くて、同時に恐怖があった。こんな気分になったことは今までなかった。幸福だが、危険な気もする。

スマートフォンが鳴り出して、画面にあらわれた発信者名は晴子だった。大きく息を吐いてから、一樹は応答した。

「今日、会える?」

いきなり晴子は言う。うん。一樹は即答してから心配になる。

「どうした?」

「どうした、って?」

「いや、何か話でもあんのかなって」

「話なんかない」

晴子はちょっと怒ったようにそう答えた。

「ただ会いたいだけなの。だめ?」

「いや、だめじゃない。全然だめじゃない。会おうよ。俺も会いたいよ」

勢い込んで一樹が言うと、ようやく晴子はクスクス笑った。その笑い声に、再び一樹は溺れそうになる。

その夜、晴子は直接一樹の部屋に来た。

晴子がそうしたがったのだ。場所はもうわかるから待ち合わせも不要だと言って、ママチャリを漕いでやってきた。カゴの中にはカレーの材料が入っていた。

小学校の林間学校のときみたいにふたりでドタバタしながらカレーを作り――晴子は料理が苦手で、カレーと肉じゃがくらいしか作れないのだと言った――、食べ終わるとすぐに抱き合った。そのひとときが過ぎると、ようやく空腹が満たされた気がして――実際にはふたりともカレーを腹いっぱい食べていたのだが――裸で寝そべったまま、話をした。

自転車で今度どこかへ遠出をしようとか、そんな話だ。ほかにもいろいろ他愛もない話をしたが、ばあさんから一万円もらったことは言わなかった。晴子と会って、気が滅入っていたことなどすっかり忘れてしまったからだ。

*

ゆり子も昌平に、その話はしなかった。

言い出すタイミングを計っているうちに、なんとなく言いそびれてしまったのだと、自分では考えていた。一樹くんが昌平のいるところでお礼でも口にしたら、そのときに明かせばいい、と。しかしじつのところは、あの子はあらたまってお礼を言ったりはしないだろう、と思っていたし、もしもお礼を言うなら夫のいないところで言ってほしい、と願ってもいたのだった。

はっはっは、という夫の笑い声が聞こえる。あまり家の中では聞かない、外向けの——というより、男同士向けの、といったほうがいいだろうか——笑い声。

電話をしているのだ。元の会社の関係者からで、ゆり子が夫に取り次いだ。いい話のようだ。

「まいったな。勉強会の講師を頼まれたよ」

電話を終えると、やはり昌平はそう報告した。勉強会というのは、彼の現役時代に発足した、メーカーを超えた同業同士の情報交換会のことだ。今はもう代替わりして、顔も知らない若手社員たちが集まっているのだが、そこで体験談など話してほしいと頼まれたのだそうだ。ＯＢとの繋がりは大事にされている会だが、それでもリタイアした者が満遍なく呼ばれるわけではないことは、ゆり子も知っていた。

「じゃあ、そのときまでにもう少しキビキビ歩けるようになっておかなくちゃね」

ちょっと意地悪だったかしら、と思ったが、「そうだな」と昌平はニコニコしながら頷いた。リハビリにもいい影響がありそうだ。

「買い物に行くけど、なにか買ってくるものはある？」

ゆり子が聞くと、昌平は「えっ」という顔をした。このところずっと、一樹がいるときにしか買い物に出かけないからだ。

「久しぶりで自転車で行ってみるわ」

「ええっ……大丈夫か」

「大丈夫に決まってるわ。私の足の骨はしっかりしてるんだもの。乗れるうちに乗っておかなきゃ」

なぜか突然、そんな気持ちになったのだった。車に気をつけろ、危ないと思ったら降りて押せよと、うるさいくらいに言われながらゆり子は家を出た。そもそもは自分が無理やり乗せたくせに、あの心配ぶりはどうかしていると苦笑しながら、準備運動も兼ねてタイヤに空気を入れた。

じつのところあまりにも久しぶりだったから、走り出してしばらくは、はじめて乗ったときのようにおっかなびっくりだった。だが間もなく、不安は爽快感に取って代わられた。何の問題もないじゃないの。ゆり子は思う。ふらつきもしないし、息が上がりもしない。元通り、ちゃんと乗れるじゃないの。漕ぎ出してみれば、昌平の事故以来、びくびくしていたことが嘘のようだ。なんて気持ちがいいのかしら。

いつも見惚れる、丹精した広い庭がある家の前を通ると、アナベルがもう満開になっていた。六月に入ったのだ、とあらためて思う。昌平が足を折ったのは四月だった。あれから約二ヶ月。どうなることかと思ったけれど、こうして再び自転車に乗っている。昌平だって、患者として最優等生というわけではないけれど、少しずつ治っているから、来年の今頃には一緒に自転車に乗っているだろう。

この白い紫陽花を、うちも来年は咲かせてみようか。そうだ、S町の園芸店に買いに行こう、華やかな一年草もいくつか買い足したいし。まさか花木を背負って自転車で運ぶわけにはいかないから、次に一樹くんが来たときに、とゆり子は考える。

＊

その朝、昌平はいつもより遅い時間にベッドから出た。

体調が悪いような気がしていたのだが、起きてみるとどこがどうということもなかった。右足がまだ思うように動かせないだけ、そして気分がちょっと沈んでいるだけだ。

のろのろと下へ降りていくと、階段の途中から、ゆり子の歌声が聞こえてきた。声がきれいで、歌が上手な女ではあるのだが、それにしてもずいぶん元気よく、大きな声で歌っている。いかにも機嫌が良さそうだ。だが、どことなくわざとらしくもある。そもそも若いときはともかく、ここ数年、あんなふうに声を張り上げて歌うことなどあっただろうか。日頃しないことを今朝にかぎってしているというのは、やはりそれなりの意味があるのではないのか。

「おはよう」

自然にしようと意気込むあまりに、なんだかへんなイントネーションになってしまった。オハヨー、とゆり子は歌声に乗せて返した。それもまた少々不自然に思える。

気にしすぎだろうか。

昌平はひょこひょこキッチンへ入っていき、コーヒーメーカーですでに出来上がっているコーヒーを銘々のカップに注いだ。何か炒めていたゆり子が振り返り「あら！」と意外そうな声を上げる。そういえばこの作業は結婚以来昌平の受け持ちだったが、骨折してからはずっと妻に任せていたのだった。いろいろ考えているせいでうっかり再開してしまった――もちろん、再開して悪いことはないのだが。

ゆり子がバゲットと、ベーコンとキャベツの炒めものを運んできた。炒めものの中央には卵がふたつ割り入れられている。

「巣ごもりか。めずらしいな」

「でしょう？　昔はよく日曜日に作ってたわよね。ちょっと思い出したから……」

「うん、旨い」

昌平がそう言ったのを最後に、会話は途切れた。いや途切れたのではなく、ふたりとも食べることに集中しているからだ、と昌平は考える。いつもそんなに、ペラペラ喋りながら食事する夫婦ではないのだから。

だが今、ゆり子はフォークを置いていて、体を斜めにして背後の庭をぼんやり眺めている。いや、それだってよくあることだと昌平は思う。庭は今、花が盛りで、紫、ピンク、水色と、賑やかに咲いている。きっと今に振り返って、サルビアが今年はよく咲いたわねとか、そんなことを言うのだろう。

――と、ゆり子がまさに振り返ったので、昌平は思わず妻の顔を凝視してしまった。が、ゆり子は何も言わなかった。ちょっと戸惑ったように微笑して、コーヒーカップを手に取った。

「鰻が食いたいな」

自分の口から出た言葉に、昌平はぎょっとした。何を言いだしているんだ、俺は。

「どうしたの、突然……」

ゆり子も笑っている。だがもう言ってしまったものは仕方がない。

「いや、ほら、精をつけたいと思ってさ」

「まあ」

ゆり子は眉をひそめると、再びくるりと庭のほうを向いてしまった。昌平が言いたいことが、ゆり子にはわかったらしい。いや、ずっとわかっていたのだが、わからないふりをすることをとうとうやめざるを得なくなった、ということかもしれない。

昨夜、久しぶりに試みたのだった。

骨折以前、若い頃より回数は激減したとはいえ絶えてはいなかった夫婦生活は、骨折以後はぱたりとなくなっていた。コーヒーを注ぐ役目は再開しなくてもべつにかまわないが、こちらはこのままにするわけにはいかない、としばらく前から機を窺っていた。そこにゆり子が再び自転車に乗りはじめる、ということが起こって、よし俺も、という気持ちになったのだ。

それで昨夜「ちょっとおじゃましますよ」とゆり子のベッドに入ってみた。ゆり子は「あらあら」と驚いた様子だったが、もちろん拒絶したりはしなかった。だが——そのあとは、あまり首尾良くいかなかった。いや「あまり」は自分に甘すぎるだろう。「まったく」だ。まったくだめだった。「あまり」はこれまでにも何度かあったが、「まったく」ははじめてのことだった。

足に気を取られていたせいだな。昌平は、昨夜から何度も考えたことを、もう一度最初から考えはじめる。足がまだ治っていないからだ、きっとそうだ。足首の骨が折れた状態で試みる、というのははじめての経験だったんだからな。それに、今考えればすごく意欲があったわけでもなく、どこか義務的だったのかもしれない。「ちょっとおじゃましますよ」「あらあら」はないだろう。色気もへったくれもありはしない……。

だが、そこまで考えて自分を納得させることに成功しそうになったとき、必ず浮かんでくるのがゆり子の言葉だった。昌平があきらめて自分のベッドに戻ったとき、やさしく「もう無理することはないわよ」と呟いたのだ。

「まだ無理することはないわよ」ならわかる。まだ怪我が癒えてないんだから、という意味になるからだ。だが「もう……」と言った。うっかり取り違えたのだろうか。いや、妻は普段から言葉遣いが丁寧で、そのぶん正確でもある女だ。うっかり取り違えたというより、うっかり本音が出たと考えるべきではないのか。あなたはもうそんなことができる歳じゃないでしょうと、ゆり子は思っているのではないのか。

老眼鏡を探しに、昌平は寝室へ行った。

ナイトテーブルの上にあったのを見つけると、ついでにTシャツの上にシャツを羽織った。クローゼットの扉を閉めると、そのままそこに座り込み、扉にもたれて、スマートフォンを操作した。

　適当なキーワードをふたつばかり打ち込んで、検索をはじめる。幾つものサイトがヒットしたので、上から見ていくことにした。

　それはつまり「アダルト動画サイト」だった。そういうものがあるということは知識として知っていたが、閲覧するのははじめてだった。「品見本」というべきサムネイル画像がずらりとあらわれ、昌平はしばらくの間眺めていたが、「やってられん」とひと声吼えて、サイトを閉じた。

　この種のものが初体験というわけではない。勤めていた頃は出張先のホテルでアダルトビデオを何度か観たことがある。さほど好みではない、という自覚は当時からあったが、それでもあの頃は、観ればそれなりにエロティックな気分にはなった。

　だが、今はもうだめだ。受けつけない。エロティックな気分どころか、動きのないサムネイルを見ているだけでげんなりしてくる。かつて観た「アダルトビデオ」も、ここまで即物的であからさまだったろうか。あからさまだったが、若かったからそちらのほうがよかったのか。性の営みというよりは大食い競争でもやっているように見え、胸焼けがして目を逸らしたくなるのは、歳をとったせいなのか。

ゆり子が階段を上がってくる足音が聞こえ、昌平は急いでスマートフォンをポケットにしまった。

5

二十六歳か、と昌平は思う。

一樹の横顔を見ている。リハビリに、今日はふたりで向かっているところだ。ゆり子はその間に自転車でどこやら行くらしい。

昌平が二十六歳だったのは一九七〇年だった。年をすぐに思い出せるのは、ビートルズが解散した年でもあるからだ。同時代の多くの若者と同程度にショックを受けたが、それでもあのとき、ジョン・レノンはまだ生きていた。いったい何年前のことになるんだ?——なんと四十六年前だ。

高度成長期の終盤だったが、オイル・ショックの到来までには数年あった。製薬業界は勢いづいていた。二十六歳といえば、新卒で入社して四年目だ。仕事のことがわかって、面白くなってきた頃だったろう。

信号が変わり、一樹が車を滑らかに発進させる。運転はうまく、運転マナーも意外なほどよろしい。それこそマナーが悪いロードバイクなどが横を危なっかしくすり抜けていっても、横断歩道でもないところをふらふらと横切ろうとする年寄りにも、「おいおい」と、どちらかといえば面白そうに呟くだけで、悪態を吐いたりはしない。その点では若い頃の昌平のほうが、ハンドルを握りながらよく舌打ちしてしまい、助手席のゆり子に何度も叱られてようやくその癖を直したものだった。

二十六歳。

今日の一樹はジーンズに黒い木綿のシャツを着ていて、その袖は肘の上までまくり上げられている。腕は浅黒く引き締まっていて、ハンドル操作するたびに筋肉が浮き上がる。とくべつなことではない——自分も二十六歳のときは、こんな腕をしていたはずだ、と昌平は思う。

そうだ、もちろん二十六歳は、ゆり子と出会った年でもあった。それを真っ先に思い出すべきでしょうと言われそうだ。代々木公園のそばの浮世離れした英会話教室で、ゆり子は二十三歳だった。思い出すと、今でも口元が緩む。ここ数年は髪を短くしているが、あの頃は肘まであるロング・ヘアーで、それをたいていはポニーテイルか、そうでなければ三つ編みにして両耳のところで輪っかに結っていた。

税理士だった彼女の父親の秘書のようなことをしていたが、当時の昌平から見れば呑気な、世間知らずのお嬢様だった。はじめは反感さえ抱いていたが、意外にしっかりしていることや、世界に対して公平で偏見のない考えかたをすることがわかって、惹かれていった。

あの頃、自分の性格からしてこのまま無味乾燥な仕事人間になりそうだったから、何かべつの世界へのドアを手に入れておきたくて、英会話教室へ行くことにしたのだった。語学を学ぶというより、会社以外の場所という意味で求めていたような気もするが、いずれにしても、ゆり子という女を得て、英会話も教室も不要になった。ゆり子こそが、ドアであり豊かなもうひとつの世界だったから——こんな心情は、恥ずかしくて未だに妻には告白できないが。

結婚前はまだ車を持っていなかったから、友人の車を借りてドライブに誘った。はじめて手を握ったのは三浦半島だった。灯台の螺旋(らせん)階段で。もちろんあの頃はゆり子の手を引きながら最上部までやすやすと上りきることができたのだ。海辺での口づけ。結婚前はそこまでだった。当代の恋人たちからすれば信じられないことだろうし、自分自身でも今となってはばかばかしいという感想を持つが、結婚するまでがまんすることが男らしさだと思っていたのだ。自分のむさ苦しいアパートや、怪しげな場所にゆり子を連れ込みたくない、という気持ちもあった。ゆり子のほうは、意気地がないのねと思っていたらしいが（あとになって聞いた）。だが結婚したあとは……。昌平はもう一度、一樹の腕の辺りを見た。

「どこか寄るところありますか？」

不意に一樹がそう言った。回想に没頭しながら、ついじろじろ見すぎていたのかもしれない。問いかけというより不審のニュアンスがあった。いや、まっすぐ病院でいいよと昌平は慌てて言った。

「一樹くんは、恋人みたいな相手はいるのかい」

続けてそう言ったのは、たぶん、そのまま黙っているのは気まずくなったからだった。

「まあ、ふつうに」

と一樹は答えた。いる、ということか。まあ、いるんだろうなと昌平は思う。今どきの「イケメン」という言葉はそぐわない感じだが、「いい男」ではある。万人受けはしないだろうが、こういう青年に惹かれる娘たちは少なくないだろう。それにこいつはあきらかに「草食系」ではないだろう。

そうだ、男なら「肉食系」であるべきだ。

昌平は突然はっきりとそう思い、その思いの強さのあまり、

「一樹くんは、アダルトビデオとか観たりするかい」

と言ってしまった。

「はあ?」

感じの悪い、嘲笑を含んだ、昌平もゆり子もだいきらいな、今どきの「はあ?」だった。昌平は怯んだが、一樹は思い直したようにクスリと笑った。

「ふつうに観ますよ。男はみんなそうでしょ」

「そう……うん、そうだよな。そうだ、そうだ」

昌平は勢い込んだ。一樹が一転して、自分の側に与(くみ)したような——あるいは一樹が、彼の側の「男」として昌平を認めてくれたような気がしたのだ。

「じつは頼みがあるんだ」

それで、とうとうそう言ってしまった。ものの弾みだと思ったが、じつのところ今

朝一樹と一緒に車に乗ったとき——ゆり子は同乗しないとわかったとき——からずっと、頼もうと考えていたようでもあった。

＊

目当てのＤＶＤを借り、レジで会計をすませたところで、うしろからどんと背中を叩かれた。振り向くと辰夫がニヤニヤしながら立っていた。

何だよ、また会っちまったよと思ったが、たぶん相手も同感だろう。午後五時を回っていたこともあり、この日はそのまま飲みに行くことにした。自転車はレンタルショップの横に停めたまま、チェーンの居酒屋に入り、半個室になった狭苦しい席で向かい合う。

「何やってんの？　今」

この前と同じことを聞き、この前よりはもう少し詳しい答えを聞く。辰夫はガラス工場を辞めてから知り合った仲間と組んで、ネットオークションで商売しているそうだ。衣類、雑貨、電化製品、人気商品を怪しげなルートで仕入れて、格安で売りさばいているらしい。

「儲かるときは儲かるけどな」

そうでないときのほうが多いということだろう。

「で？　そっちは」

「俺も似たようなもんだよ」

「なんだよ、言えよ」

「まあ、老人介護っていうか」

相手と同程度には話さなければならない成り行きになって、サイクルショップを馘になったとかポスティングのバイトとか、しょぼいことは言いたくなかったから、いきおい大楠家での仕事を明かすことになった。

「マジ？　おいしすぎるじゃん、それ」

辰夫がそう言ったのは、それがメインの仕事であるように喋った都合上、報酬をかなり多めに偽ったからだ。家政夫などというガラにもないことをやっているのは、一にも二にも金のためだと思われたかったのかもしれない。

「ぼけてんの？　そいつら」

「いや、そこまでじゃないけど」

ぼけてることにしたほうがいいのかどうか決めかねたまま、アップルパイの一件を話してしまった。「見舞金」は一万円ではなく三万円だったことにした。いっそそのくらいもらっていれば、腹も立たなかったのかもしれない、と思いながら。

「いいなあ」

ごくナイーブな感想を辰夫が洩らしたので、一樹は笑った。店内はそろそろ客で埋まってきて、ガヤガヤした声に包まれている。酒もいい具合に回ってきた。

「あと二、三回くらいいけるんじゃない、それ」

「そうそうオヤツが出るわけじゃないから、べつの方法考えないとな」

「庭でハチに刺されたとか、そういうのでもいいんじゃない」

「ばーか、ハチに刺されたんなら腫れるだろ」

「見せられないところが腫れましたって言えばいいじゃん」

声を合わせて、ゲラゲラと笑う。愉快だったが微かな疚しさも覚えた。じいさんもばあさんももちろんぼけてなどいないし、こんなふうに俺たちからばかにされる筋合いもない、と思う。

「しかし、金ってあるところにはあるんだな」

ヤキトリを咀嚼しながら辰夫が言った。

「それほどの金持ちってわけでもないけどな」

何かを修正したい気分で一樹は言う。

「骨折って、家政夫を雇う余裕がある家は金持ちだろ」

そうか、そうなんだよなとも一樹は思う。ようするに俺や辰夫や、俺たちの家族とは違う人種なんだ。庇う義理もないってことだ。

「八十？　九十？」

と辰夫が聞くのが、夫婦の年齢のことだとわかって、

「いや七十歳くらいだろ」

と一樹は答える。

「同じだよ、そこから上は。もう生きてても意味がない歳だろ」

「まあな」

「家でじっとしてればいいのに、無駄にうろちょろするからケガするんだよ。それでもまだあきらめないで金使って人雇うとか、どんだけ無駄なんだよ。金が余ってるうちに死ねばいいのにな。そんで残った金は俺らに配るって、そういう法律できねえか

な」

「そんなに年寄りに恨みあるわけ」

「あるよ。おまえはねえのかよ」

「うん、まあ……ときどき殴りたくなることあるけどな」

それは相手が年寄りにかぎったことではないような気もしたが、とりあえず一樹はそう答えた。そして答えてみると、あの日橋の上で昌平を殴りたいような気持ちになったのは、彼が年寄りだからだ、とも思えてきた。

「何のために生きてるんだろうな、あいつら」

そんな言葉が口から出ると、ずっとそう思っていたような気もしてくる。「あいつら」というのが誰を指しているのかよくわからなかったが。辰夫がまた荒れた言葉で同意を示して、疚しさはそのままに、喧騒の中でどんどん声高に、醜い言葉を選ぶようになっていく。


レンタルしたＤＶＤは、翌日、昌平に渡した。

病院へ向かう車の中で。この日もばあさんは留守番だったから、具合がよかった。

「家内には内緒で」と何度も念を押されていたのだ。

黒い不織布の袋をじいさんはさっと覗き込んで確認すると、危険物でもあるかのようにすぐに袋を閉じた。ありがとう、よく見つけたね。一樹の顔を見ずに言う。

じいさんから渡されたリストにあった四作はすべて「日活ロマンポルノ」だそうで、

「このうち二本あればいい」と言われていたので、レンタルショップで見つかった順に『赫い髪の女』と『濡れた欲情』を借りたのだった。

「あとの二本もありますよ、たぶん」

「あ、うん。まあ……おいおいね」

じいさんはもごもごと言った。こっちが恥ずかしくなるくらい恥ずかしそうだ。と思ったら、意を決したようにぱっと顔を上げた。

「どうも、体裁が悪いね。しつこいようだが、家内には言わんでくれよ」

了解です、と答えてやってもまだこちらを見ている。

「君らからしたら、醜悪に見えるだろうなあ、こういうことは」

「いや、べつに」

「誤解しないでほしいんだが、こういうものを始終観ているわけじゃないんだ。骨折して、ちょっと気持ちがへこんでいるもので……何かこう、ぱっと気合を入れたくてさ」

遠回しなのかごまかそうとしているのかわからないが、男がエロビデオを観る目的はひとつだろう、と一樹は思う。つまりこのじいさんはまだそっち方面が現役か、現役であろう、としているのだろう。

醜悪だとはべつに感じなかった。じいさんが恥じらっている様子は面白かったし微笑ましくもあった。

「エロいんですか、日活ロマンポルノって」

それで、とくだん興味もなかったが、そう聞いてみた。

「僕らにとっては、エロだったたねえ」

じいさんはちょっと嬉しそうな様子になる。

「最近のと比べると、風情があるよ。うん、風情……それだな、大事なのは」

最後のは独り言のようだった。一樹は小さく笑った。このじいさんに生きる意味がないとか早く死んでほしいとか、今は思わない。

だが今日のこのやりとりを後日辰夫に話せば、あいつは顔を歪めてキモいキモいと言うんだろうし、そうしたら俺も同意するだろう。どちらが本当の自分なのか、一樹にはわからなかった。


リハビリを終えたじいさんを乗せて戻ってくると、大楠家の前には白いプジョーが停まっていた。玄関には男もののローファーがあり、ダイニングではひどく痩せた男とばあさんが紅茶を飲んでいた。

「やあ、いらっしゃい」

じいさんはぎこちなく挨拶したが、男の来訪はあらかじめ知っていたようだった。

「お邪魔してます。ひどい有様でしょう」

男はにこやかに応じた。頬がげっそりとこけているせいで実年齢がわかりづらいが、大楠夫婦と同じくらいだろうと一樹はあたりをつける。

「いや、そんなに……ひどくはないよ」

じいさんは動揺した様子で、あきらかに口先だけのことを言った。

「うしろの彼？　手伝いに来てくれているというのは」

「そうなのよ。一樹くんっていうの。一樹くん、彼は私の従兄で、この家を設計してくれた人」

一樹はぺこりと会釈をした。大楠夫婦は階段に手摺をつけようと思っていて、従兄のじいさんはその設計をするためにやってきたのだという。ご大層なことだと思いながら、じゃあ二階から掃除しますからと言って一樹はその場を離れた。

廊下の物入れから出した掃除機を抱えて階段を上り、寝室へ入る。二階にはほかに三部屋あるが、普段使っていないので毎週掃除する必要はないと言われている。ひとつは北側の和室で、あとのふたつは子供部屋だ。

子供部屋は机もベッドも本棚も、そこに収まっている本も壁のポスターも、たぶんじいさんばあさんの息子や娘が使っていたときのままになっている。一度覗いて、なんとなくぞっとしたことがある。もちろん息子も娘も家を出て行っただけでそれぞれ元気であることは聞いているが、それでも、もう子供が使っていない子供部屋というものには何ともいえないうら寂しさがあった。自分の実家のようにいなくなったとたんに物置になっているわけでもなく、当時のままに保存されているせいかもしれない。じいさんとばあさんも、ときどきこの部屋を覗いてみたりするんだろうか。そう考えるといっそうぞっとする。

寝室はいつでもきれいに整頓されていて、ぴしっとベッドメイクされている。床の埃もほとんど目につかないくらいだが、いちおう言われた通りに掃除機をかける。

窓際のナイトテーブルの周りを掃除しているときだった。テーブルの足元に細い紐のようなものが落ちているのを見つけた。拾い上げてみると、銀のブレスレットだった。細い二重のチェーンに、きらきらした小粒の石がひとつ付いている。ばあさんのものだろう。

あとで渡すつもりで、一樹はそれをポケットにしまった。部屋を掃除し終わり、廊下に出たところで、ばあさんが階段を上がってきた。そのときポケットに手を突っ込んでチェーンに触れたが、渡さなかった。ばあさんが泣いていたからだ。ばあさんは一樹と目が合うと、ごめんなさい、と呟いて、寝室に入ってドアを閉めてしまった。

やや動揺しながら降りていくと、ダイニングにさっきの痩せた男はもういなくて、じいさんがぽつんと座っていた。一樹が困惑してじいさんを見ると、家内はショックを受けたんだというようなことを説明された。男があれほど痩せていたのは病気のためだったらしい。詳しくは言われなかったがおそらくは治る見込みのない病気で、動けるうちにふたりに会いに来たのだと一樹は理解した。従兄がいる間は、ばあさんは泣くのをがまんしていたのだろう。

「悪いが、あとは適当にやってもらえるかな」

「いいですよ。やることはわかってますから」

じいさんも消沈した様子で二階へ上がってしまい、一樹はいつも通りに階段と階下を掃除した。すべて終わると、二階に声をかけてから大楠家を出たが、そのときにはポケットの中のブレスレットのことは忘れていた。


夕方の公園を散歩してから、近くのビストロに入った。

晴子は驚いたようだった。ガラにもなく「食べログ」で調べて、内緒で予約していたのだ。一軒家のアプローチを一樹がすたすたと歩いていくと、「大丈夫？」と晴子は小声で聞いた。もちろん大丈夫だ。普段行く店からすれば安くはないが、今日はそれだけの金を持っている。

深緑色のクロスがかかったテーブルで向かい合い、五千円のお任せコース――この店でディナータイムにはそれしかない――と、グラスのシャンパンもそれぞれに注文した。このあとグラスワイン二杯ずつくらいなら予算内だ、と素早く計算する。

「お金……あるの？」

あいかわらず声を潜めて、晴子はあらためて聞く。テーブルは六つあり、ふたりの対角の位置に年配の男女がひと組いるだけだ。

「臨時収入があったんだよ」

「どんな？」

「ひみつ」

さらに聞かれたら「ずっと前に貸していた金が戻った」と答えようと思っていたが、晴子はちょっと一樹を睨んでみせただけで、それきり詮索しなかった。いずれにしても、本当のことは明かすつもりはなかった。明かせるはずもない――大楠家でブレスレットを盗んで、売ったなどとは。

盗むつもりはなかった。いや、盗んだわけじゃないんだと今になっても言い訳したいが、売ってしまったのだから結果的に盗んだことになるのだろう。ポケットに入れたままあの家から持ち出してしまい、それに気づいたのが翌日だったので、今さら返しに行ったら逆にあやしまれるかもしれない、と思ったのだった。それにたまたま気がついたから拾ったが、気づかなければ掃除機で吸い込んでいたわけで、ブレスレットはそのままゴミと一緒に捨てられていただろう。どのみちばあさんの前から消えていたことになる。だったら俺がもらったほうが意味があるだろう。

　金に換えようという目的も、最初からあったわけではなくて、そもそもそんなに金目のものだとは思っていなかった。晴子にやろうかとも考えたが、それだとばあさんの目に触れる機会がないとはいえないし、持っているのも鬱陶しかったから、ネットで調べた池袋の買取屋に――いちおう用心して、住まいの近くは避けた――持ち込んだのだった。そうしたらピカピカ光る石はダイヤで、おまけにナントカというブランドのものだったらしく、一万八千円という値がついた。三千円にでもなれば御の字だと思っていたから、これにはちょっとびっくりした。同時に、おかしな話だが、罪悪感も薄れた。そんな高価なものをその辺に無頓着に置いておく人種への嫌悪感が、罪悪感に置き換えられたのだ。

「うまいな、これ」

　自分の声が妙に響く気がする。あまり会話が弾まないせいだ。普段入らないような店に来て、ふたりとも緊張しているのだろうか。年配のカップルのほうがよほど愉しそうだ。「何のために生きてるんだろうな、あいつら」という、辰夫と飲んだときの自分の台詞をふっと思い出す。

「で、何なのこれ？　肉？　魚？」

笑わせようと思ってそう言ってみたが、晴子はぼんやり「何だろね」と返すだけだった。

緊張しているせいじゃないのかもしれない。

にわかに不安が募ってくる。晴子は何か気づいたのかもしれない。俺が泥棒したことに？　その金で食ってるということに？　俺という男は所詮そういう人間なのだということに？

＊

「あら」

とゆり子は呟いた。「何？」と電話の向こうの夏希が言う。

「根っこが出てきちゃってるの。株分けしないと」

「何の話？」

「リビングの窓際に、丸い葉っぱの観葉が置いてあるの、覚えてない？　あれが今わさわさに増えちゃって」

「ママったら……電話しながら片付けものでもしてるわけ？」

ごめんごめん、そうじゃないんだけど。ゆり子は言ったが、実際には子機を耳に当てたまま、家の中を歩き回っていたのだった。そもそも歩き回っているときに、娘から電話がかかってきたのだ。

「まあ、観葉植物の心配ができるくらい呑気にしてるなら結構だけど」

夏希は言う。午前九時過ぎ、この娘としては早い時間の電話だ。

「そういえばお手伝いの男の子はどうなったの？　まだ雇ってるの？」

「雇ってるわよ。ちょうど今パパを連れて病院へ行ってるところ」

「問題なし？」

「全然。彼に頼んで本当に良かったわ。この間だって……」

モッコウバラを切っていた隣人を、一樹が「いやいやいや」と止めさせた話をしようと思ったのだが、ゆり子は気を変えた。いらぬ心配をさせてしまうかもしれない。昌平ですら気にしていた。一樹を雇うことにそもそも反対していた娘は、あの話にはさらに過剰反応するかもしれない。

「長くなるから、また今度話すわ」

そうごまかすと、夏希は「何それ」と笑ったが、追及する気はなさそうなのでほっとした。

「手摺、つけたの？　おじちゃまに会った？」

夏希がそう聞いたとき、ゆり子はちょうど階段にいて、漆喰の壁を尚也が計測したときにうっかりつけたらしい、一センチほどの鉛筆の印を見つけたところだった。

「会ったわよ。思ったより元気だった」

嘘を吐いた。これは娘に心配させないためではなく、本当のことを言うと自分がまた泣いてしまうからだった。実際には、尚也は想像をはるかに超えて痩せ衰えていて、自分で車を運転してきたというのが信じられないほどだった。

「抗がん剤はやめたけど、食事療法をしているらしいわ。お肉をやめて、玄米や野菜中心にして、それだけで末期がんと言われてから何年も生き延びている人がいるんですって」

食事療法は尚也ではなく、彼の妻が縋(すが)っているらしい。尚也は自分自身ではなく妻のために付き合っていると皮肉っぽく笑いながら言っていた。

「運よね、こればっかりは」

夏希はすべて察したような口調で応じた。

「パパはどう?」

尚也ではなく手摺について、もうしばらくやりとりしたあとで、今度は夏希はそう聞いた。元気よ。ゆり子は答える。これは嘘ではないことが嬉しかった。

「少しずつでも良くなってくると、意欲も出てくるみたい。それでリハビリもがんばるようになって、いいサイクルよ」

「良かった。考えてみたらパパはまだ七十代のはじめですもんね。骨折くらいでぽしゃってもらっちゃ困るわよね」

「ええ、その通り」

ゆり子は笑いながら答えた。本当に、最近の昌平のはりきりぶりは目覚ましいのだ。娘に明かすことではないけれど、リハビリだけでなく、夫婦生活まで——久しぶりに求めてきたことにもびっくりしたが、そのときはあまりうまくいかなくてしょげ返るかと思っていたら、後日「リベンジ」を果たしたのだからなお驚いた。

「……ママ、電話しながら何やってるの?」

ベッドの下を覗き込んだりしていたので、気配が伝わったのだろう。ちょっと探しもの、とゆり子は答えた。

「探しもの？　何？」

「たいしたものじゃないの、ごめんごめん」

ゆり子は立ち上がってベッドに腰を下ろした。

「それよりあんたのほうはどうなの。お金、困ったりしてないの」

「大丈夫大丈夫。それで今度……」

夏希は言いかけてやめた。

「また電話する」

「何の話？　気になるから今おっしゃい」

「いいの、いいの。また今度ね。パパによろしく。それに有能なお手伝いの男の子にも」

電話は切れてしまった。もう、とゆり子は苦笑した。途切れた話が気にはなったが、さほど心配にはならなかった。きっといい話だろうという気がした。「また今度ね」という夏希の声は朗らかだったし……。

一樹が戻ってきたので、ゆり子は一階に降りた。今日は掃除の代わりに、観葉植物の株分けを頼むことにした。

鉢を庭に運び出してもらい、一緒に庭に出る。そろそろ蒸し暑くなってきて、蚊も出ている。蚊取り線香を炷いた。

植物のことなのでちょっと心配だったが、一樹は丁寧に作業した。手を出す必要もなくて、ゆり子はガーデンチェアに腰掛けて、ただ眺めていた。蚊取り線香の匂いの中でそうしていると、昔のいろんな情景が浮かんでくるようでもあった。家族で花火やバーベキューをしたときのことや、やっぱりこんなふうに、誰かの大工仕事を眺めていたときのこと——誰だったろう、睦郎だ、息子が中学生の頃、突然インテリアに凝りだして、自分の部屋の家具や小物を改造したり、ペンキを塗ったりしはじめたのだった。そんなふうに塗ったらムラになるでしょうとか、服を汚すわよとかあれこれうるさく言って癇癪を起こされたものだった。

「あの辺の枝、ちょっと切っときません？　あつくるしいし」

株分けして鉢がふたつできあがると、ヤマボウシや杏の木が茂っている辺りを指して一樹が言うので、それも任せることにした。家の中の掃除よりはこういうことのほうが好きなのかもしれない。

高枝切り鋏を使う一樹のうしろで、今度はゆり子は指示をした。そっちそっち、その枝。ああそれは、切らないほうがいいと思うわ。樹木の剪定については聞きかじりの知識しか持ち合わせていない——あとで植木屋に知られたら怒られるかもしれない——のだが、屋外でこんなふうにわあわあ声を上げるのは久しぶりで、楽しかった。

音がして振り向くと、隣家の女性が家から出てきたところだった。声を聞きつけて出てきたというより、外出しようとしてゆり子たちが庭にいるのに気づいたのだろう、ぎょっとしたような顔をしていた。

「こんにちは」

ゆり子のほうから声をかけた——ごく感じよく、モッコウバラを切られたことなんか、もう何とも思っていませんよ、というふうに。

「あ、こんにちは……」

隣家の若い奥さんは、小声で挨拶を返すと、そそくさと門から出て行った。その姿が見えなくなると、ゆり子はちょっと反省した。私もなかなかどうして性格が悪いわ、と。彼女がおどおどしているのがわかって、いい気分になっているなんて。

軽い剪定が終わると、ちょうど昌平を迎えに行ってもらう時間になった。

「あ、そうそう」

出て行こうとする一樹をゆり子は呼び止めた。

「先週、お掃除してもらったときに、ブレスレットを見かけなかった？」

「見てませんけど」

即答、といっていい答えかたを一樹はした。

「どんなブレスレットですか？」

細いシルバーのチェーンで、小さい石がついてて……とゆり子は説明した。

「大事なものなんですか？」

「ええ、まあ、そうなんだけど」

「落としたんですか？」

「寝室のナイトテーブルの上に置いたと思ったんだけど、見当たらなくて。でも、たしかじゃないの。べつの場所かもしれない」

「これから探してみましょうか」

「いいの、いいの。そのうちひょいと出てくると思うから」

「じゃあ、うっかり掃除機で吸い込んだりしないように気をつけておきますよ」

お願いね、とゆり子は微笑んだ。

ブレスレットは、もう二十年近く前——五十歳の誕生日に昌平から贈られたものだった。結婚してからの誕生日は毎年、ちょっといいお店での食事がメインで、贈りものはせいぜい花かお菓子だったのだが、あの年、五十という年齢に何かとくべつの意味を感じたらしくて、会社の女性にリサーチまでしてアクセサリーを用意してくれたのだ。

ブランド名や小さくてもダイヤがあしらわれていることなどを考えれば、夫が大奮発してくれたことは間違いなかった。それに彼にはめずらしいロマンティックな贈りものだったから、正直なところ、大切にしていたのだ。最後に身に着けたのは、尚也が来た日の朝だった。なんだかそぐわない気がして、着けてすぐ外した。それをナイトテーブルの上に置いたことは覚えている。

そうだ、あれをジュエリーボックスにしまっておかないと、と思い出したのは数日後だった。けれどもナイトテーブルの上には見つからなかった。落としたのだろうかとテーブルの周辺も探してみた。すぐ見つかると思ったものが見つからないとなると、なくした、というよりは自分の記憶力のほうが曖昧になってきて、何かのついでにまたべつの場所にひょいと置き忘れてしまったようにも思えてきた。

それで一樹にも聞いてみたのだが、もちろん彼への疑いは欠片もなかった。ただ「掃除機で吸い込んだり」したのかもしれないという可能性があるのなら、掃除機のダストパックを調べてみますと、なぜ言わないのだろうと、ちらりと考えただけだった。きっと、そんな面倒なことはしたくないのだろう。こんなおばあさんが着けるアクセサリーだから、さほど高価なものだとも思っていないのかもしれない。それでゆり子は一樹が昌平を迎えに出て行ったあと、念のためダストパックをあらためてみたが、すでに一樹が新しいものに替えたあとだったから、吸い込んだゴミすらも入っていなかった。

6

どうってことなかったな。

一樹はそう考えてみる。

裏通りの狭苦しいゲームセンターには、息苦しくなるほどの大音量でアニメソングが流れている。うるせえうるせえうるせえ、と思いながら、UFOキャッチャーのクレーンを操作している。

大事なものではあったみたいだが、どうせまたすぐ似たようなものをじいさんから買ってもらえるんだろう。値段のことも言っていなかったし、あの夫婦にとってはたいして高価なものでもなかったんだろう。

それに、聞かれたときにはどきっとしたが、俺はまったく疑われていなかった。まあ、そりゃそうだろう。俺を信用して、家に入れているわけなんだからな。

ぬいぐるみの山の中にクレーンが降りていく。疑わないいんじゃなくて、疑えないのかもしれないな、とふと思う。今のところ俺は、あの夫婦にとってごく重宝な存在であることは間違いないから。家事を手伝い、送り迎えをし、そのうえアダルトビデオの調達までしてくれる人間はそうそう見つからないだろうから。

一樹はちょっと笑ってみるが、その瞬間アームは空振りし、何も掴まないまま虚しく戻っていった。舌打ちし、新しいコインを入れる。

赤いクマを狙っている。今度はアームがうまい具合にその頭を掴むが、あともう少し、というところで落としてしまう。なんだよ。大きな声で悪態を吐き、機械の足元に蹴りを入れる。隣のゲーム機に張りついていたカップルがぎょっとしたように振り返り、睨みつけてやったら、こそこそと離れていった。

一樹は赤いクマがどうしてもほしかった。この機械の前に来て最初に目にとまったのがあのクマだった。あれを取れれば、全部うまくいくような気がする。ばあさんのブレスレットを盗んで以来蜘蛛の巣みたいに頭の中に巣くっているモヤモヤした気分も一掃されるだろうし、電話してもそっけない返事しかしなくなった晴子も、以前の晴子に戻るだろう、と。

そうだ、赤いクマが取れたら、すぐに晴子のところへ持って行こう、と一樹は思う。ひょいと掲げて見せたら、きっとあいつはぱあっと笑うだろう。


三千円ほど注ぎ込んでねばったが、まるで誰かがいやがらせでもしているかのように、どうしても赤いクマは取れなかった。

それでも一樹は、商店街に向かって自転車を走らせた。午後五時少し前、いやに暗くなるのが早いなと思っていたら、ポツポツと大粒の雨が落ちてきた。そういえば数日前に梅雨入りしたとテレビで言っていた。

　空の色のせいか、花屋の店先も暗く沈んでいる。このところずっと、晴子に電話して会おうと言ってもなんだかんだ理由をつけて断られている。いったいどうなってしまったのか、何が起こっているのか、さっぱりわからない。

　父親が店頭に出ていたら素通りするしかないなと――たぶんそうなるだろうと半ばあきらめながら近づくと、ちょうど晴子が店頭の鉢を奥へ下げようとしているところだった。雨ざらしにすると弱ってしまう植物があるからだ。そんな知識を一樹が持っているのは、もちろん晴子から教わったからだ。

「手伝おっか」

　できるだけ明るい口調で、声をかけた。晴子は顔を上げた。当惑が、空の黒雲みたいにその顔の上を覆っていく。

「困るわ」

　と晴子は言った。

「なんで？」

　本当にそれがわからないから、一樹は聞く。雨は本降りになってきた。

「電話くれればよかったのに」

「電話じゃおまえほとんど喋らないだろ。なんで困るんだよ。言えよ。なんか怒ってんの？　俺何かした？」

晴子は俯（うつむ）いて首を振る。一樹めがけてバタバタと降ってくる雨で、晴子も濡れている。どこか雨がかからない場所に連れていってやりたいと思いながら、それを言うこともできない。

「男か？　俺以外に付き合っているヤツがいるのか？」

晴子は顔を上げた。濡れた髪が頬に張りついている。

「そう思いたければそれでもいい」

呆気に取られる一樹を残して、晴子は店の中に入ってしまった。鉢はまだいくつも店先に出ていて、雨に打たれるままになっている。

＊

ゆり子は慌てて階段を駆け下りた。

足が震えてもつれる。手摺があったから落ちずにすんだ。メープル材の明るい色の木製の手摺で、尚也がデザインしてくれたものだ。その尚也が今、病院で危篤状態に陥っている。強い降りの雨の中、昌平とともにタクシーに乗り込み、病院へ向かう。

手摺を取り付ける工事の日、尚也が紹介してくれた工務店の人たちは来たが、尚也は来なかった。出かけるのがちょっとしんどい、ということだったが、その連絡は彼自身がくれたのだ。そのあとも電話で一度——洒落た手摺が出来上がったお礼がしたくて——話した。尚也の声は小さくて、元気があるとは言えなかったけれど、それでも彼は、そのうち具合がいいときに出来栄えを見に行くよと言ったし、長年の付き合いらしい工務店の社長のことで冗談を言い、笑い声をたてさえしたのだ。あれはそんなに前のことではない。電話をくれた尚也の娘によれば、尚也は本人の意思で、つい二日前まで自宅にいたそうだ。おかしなことを口走るようになり、目を開けたまま横たわっているようになったので、救急車で病院へ搬送したのだという。

病室のドアを開けると、家族のほかに親戚も数人来ていて、尚也の姿は見えなかった。ゆり子と昌平に気づいた親戚が、場所を空けてくれた。ベッドの尚也は穏やかな顔をしていたが、すでに息をしていなかった。臨終は三十分ほど前だったと家族が言った。

ゆり子は初恋の人の痩せ細った手に触れた。それはまだ温かかった。涙が出ないのは、あまりに呆気なさすぎるせいだろうか。どこか現実味がない一方で、人はこんなふうに消えていくのだ、と感じていた。尚也の病気がもう治らないことも、長くは生きられないこともわかっていた。それでも死はやっぱり突然で、尚也ではなくゆり子自身が、いきなり暗い穴に落とされたような感覚があった。

別れの挨拶も、最期の言葉も聞けなかった。多くの場合がそうなのだろうし、たとえそういうものが聞けたとしたって、それでどれほど慰められるというのだろう。死んでいく人はそっけない。どうしたってそっけなくなるしかないのだ。どうしてさっさと行ってしまうのよと文句を言いたくても、届かない。そんなふうに身近な誰かが消えていき、見知った風景に空白ができると、そのぶんだけ体の中が重くなり、湿気を含むようでもある。

尚也の顔が白い布で覆われたあと、その枕元に古い本が一冊置いてあることにゆり子は気づいた。映画の評論集だった。ゆり子は見たことも、読んだこともない本だったが、ボロボロになったカバーに印刷されている女優の顔がイングリッド・バーグマンであることはわかった。

「家にいるときずっとそれを読んでいたの。また読めるようになるかもしれないと思ったのよね、可笑しいわね」

　ゆり子の視線に気がついた尚也の妻が、そう言った。


　ゆり子と昌平は、再びふたりでタクシーに乗った。

　通夜は翌日になるとのことで、まだこれから病院へやってくる親戚や知人もいると聞いたので、病室を辞してきたのだが、ゆり子にしてみれば早く昌平とふたりきりになりたいというのが正直な気持ちだったのかもしれなかった。腹が減ったな、と昌平が言い出したのも、似たような気分のあらわれなのだろうと思った。午後六時前と夕食には少し早い時間だったが、ときどき自転車でランチを食べに行っていた和食屋の前でタクシーを降りた。

　ふたりが今夜最初の客であるようだった。昌平の足には椅子のほうが楽なので、小上がりではなくカウンターに座った。以前、自転車用のヘルメットを携えて来店したときのことを大将が覚えていて、お怪我されたんですかと話しかけられた。その受け答えが終わって、大将が料理のほうへ戻っても、尚也のことはなんとなく話題にしなかった。冷酒で献杯したあとは、料理の感想などときどき言い交わしながら、静かに食事をした。

「ひとって死ぬのよね」

蟹の炊き込みごはんを土鍋から茶碗によそっているとき、そんな言葉がゆり子の口からこぼれた。

「死ぬなあ」

と昌平は滑稽なほどナイーブに応じて、ゆり子から茶碗を受け取る。

「ひとって結局最後はひとりになるのよね」

ふわふわした薄灰色の霧みたいに胸の中にたゆたっている考えをまとめようとしながら、ゆり子は言った。

「うん、死ぬときにはね」

「死なれてもひとりだわ」

「俺が死んでも、睦郎や夏希がいるじゃないか」

「それはそうだけど」

ゆり子は赤だしの味噌汁をすすった。具は茄子で、溶き辛子があしらってある。おいしかったが、今夜は何を食べてもこれまでとは違った感触で喉を滑り落ちていくような気がした。

でも、やっぱりひとりだ、とゆり子は思った。夫に先立たれてしまえば、そのあと睦郎や夏希と一緒に暮らすことになったとしても、むしろ息子や娘と再び暮らすことによってなおさら、自分はひとりきりだと感じるのではないか。

「ひとりになる覚悟をそろそろしなくちゃならないのかもしれないわね」

「おいおい……俺はまだしばらくは生きているつもりだぞ」

「私のほうが先かもしれないわよね」

ゆり子はほとんど上の空で言葉を連ねた。

「私たちみんな、そこへ向かって生きていくのよね。人間って切ないものだわね」

「また妙に哲学的になったものだな」

昌平は混ぜ返してから、

「まあ、今日はそういう気分になる日だな」

と神妙に言い直した。

*

自分がひどく疲れていることを昌平は感じた。

起床してから二時間と経っていないのに、眠くて眠くてしかたがない。

昨日の疲れだ。病院まではタクシーだったが、病院内というのは案外歩かされるものだ。片松葉杖の扱いにはもうかなり慣れてはいるのだが、今日は骨が折れていないほうの足がむくんでいて、ひどくだるい。

昌平は新聞をたたみ、向かい側の椅子に座っているゆり子を見た。妻は文庫本を読んでいたが、いつもならすっかり片付いているはずの朝食の皿やコーヒーカップが、まだそのままになっている。昨日、さほどは泣かなかったのでほっとしたが、和食屋では達観したようなことを言い出すし、まだなにか心配な状態ではある。

「ちょっと、ポストまで行ってこようかな」

ちょっと横になってこようかな、と言うつもりで、思ってもいなかったことを言ってしまった。自分が積極的に歩いたりリハビリをがんばったりすることが、妻を喜ばせる、と知っている。

「はい。行ってらっしゃい」

しかしそっけなく送り出されたのでがっかりした。中元のお礼を書いた葉書を一枚持って、家を出る。ゆり子の顔を輝かせることができなかったから、ポストまでの二百メートル足らずの距離がひどく長い。

死ぬときは絶対、俺が先だ。

そして気がつくとそんなことを考えている。ゆり子に先に逝かれるのだけはごめんだ。ひとりになる覚悟なんてするものか。俺は絶対にひとりにはなりたくない、と。

*

雨は小止みになってきたが、空はまだ暗い。

今日辺りが梅雨の折り返し地点なのだそうだ。どこで聞いたのか、昌平がそう言っていた。まだ半分あるのね。ゆり子は憂鬱な気分で庭を眺める。切り戻して再び咲きはじめている黒花のゲラニウムが、雨に打たれてすっかり倒れてしまっている。マウンテンミントが繁茂しすぎている一角は、下になった草が蒸れて腐っているかもしれない。雨が続くと庭仕事もできず、毎年梅雨の間に、何種類かの植物を枯らしてしまう。

乾燥機のブザーが鳴ったので、洗面所へ行った。太陽でぱりっと乾かす気持ちよさにはかなわないが、梅雨時にも老人にもありがたい機械ではある。乾いた洗濯物を取り出そうとしたとき、乾燥機の下に雑巾が落ちていることに気がついた。

さっきまで一樹が来ていたから、ここを掃除したあと置き忘れたのだろう。ゆり子はそう考え、それからふと眉をひそめた。洗面所が、あまりきれいになっていないように思える。まあ男の子だし、そんなに完璧を期待しているわけではないのだが、あきらかにいつもの掃除のあととは違う……。

洗面所の掃除に取りかかろうとしたときに、何かほかの場所での作業を思い出して、こっちのことはそれきりになってしまったのかしら。そう考えてみながら、ゆり子は落ちていた雑巾で、床の上の髪の毛を拭った。

そういえば今日、一樹は雨の中自転車でやってきたのだった。なぜかそのことを思い出した。朝九時はさほどではなかったとはいえ、傘が必要な降りかただった。カッパを着るでもなく濡れそぼってあらわれたので、タオルを渡したら、無言で受け取ってゴシゴシ拭いていた。帰りは帰りで、ちょうど雨脚が強くなったときだったから、自転車は置いてバスで帰るか、せめてカッパを貸してあげるから着ていきなさいとすすめたのだが、大丈夫っすの一言だけでさっさと出て行ってしまった。あれではずぶ濡れになっただろうに。

でも、もう子供じゃないんだから、母親みたいにあれこれ言われるのもうるさいわよね。ここに来ていないときには私の知らない彼の生活があるんだから、ときには気分が塞いでいることだってあるだろうし。

ゆり子は自分の気持ちを、そんなふうにまとめた。それから洗濯物をたたみ、そろそろ昼食の支度をしなくちゃと考えながら、たたんだものを二階へ持っていった。野菜のかき揚げを作って、あとは素麵にしようか……。

小ぶりなチェストが寝室にあって、二段目と三段目にはハンカチやスカーフ類、最上段にジュエリーボックスが入っていた。洗濯物をクローゼットにしまったついでに、ゆり子はそれを開けてみた。あらためてよく探してみれば、なくしてしまったブレスレットが見つかるかもしれない、という気がしたのだ。

でも、やはりなかった。そのうえ、もうひとつなくなっているものがあることに気がついた。パールの指輪がない。しばらく身に着けていなかったが、どこかほかの場所にしまっている、ということはありえない。なぜなら一昨日、尚也の告別式に列席した日に、このジュエリーボックスを開けたからだ。

パールの指輪はネックレスと揃いになっているから、同じ仕切りの中に入れてあった。喪服にネックレスを着けたとき、横には指輪があった。そして帰宅し、ブレスレットの二の舞にならないようにすぐにネックレスをジュエリーボックスの中に収めたときも、パールの指輪があるのをちゃんと見た。それはたしかだ。そのあと取り出したりなどしなかった。蓋を閉め、抽斗を閉め、そのあと今まで抽斗は開けていない。

ゆり子は胸がどきどきしてきた。そうして気づいた——今、ジュエリーボックスを開けてみたのは、ブレスレットが見つかるかもしれない、と思ったからではなかったのだと。心のどこかで、ほかにもなくなっているものがあるかもしれない、と考えていたからだったのだと。

寝室を出て、睦郎の部屋のドアをノックする。「はい」という夫の返事を聞いてから、ドアを開けた。息子が使っていた勉強机と椅子の高さが、足に具合がいいらしく、最近はよくここで読書や書きものをしているのだった。

「昼飯？」

ノートパソコンから目を離さずに昌平は聞く。勉強会で話すための草稿でもまとめているのかもしれない。

「ええ、そろそろ……」

ゆり子は答えた。ここへ来たのは夫に指輪のことを言うためだった。だが、どう言えばいいのかわからない。

「野菜を少し揚げて、あとはお素麺でいいかしら。冷たいのと熱いの、どっちにする？」

それで、そう言った。

「熱いほうがいいな」

「二十分もあればできますから……」

ゆり子はドアをパタリと閉めた。

＊

指輪はたいした金にはならなかった。

辰夫に渡してしまったのが失敗だったのかもしれない、と一樹は思う。

売りさばく伝(つて)はあいつのほうが持っているだろうと思ったのだが、結局、質屋に入れて五千円。折半でいいだろと言われて、手に入ったのは二千五百円だった。中古の真珠はなかなか値がつかないんだそうだ。本当はもっと高く売れたのを、ごまかされているのかもしれないとも考えたが、追及する気はしなかった。ごまかされたとしてもしれたものだろう。

竹箒で家の前の道路を掃く。今日は雨は降っていないが、道路はまだ濡れていて、雨で落ちた指の先ほどの柚子の実が散らばっている。湿っているせいでうまく掃き集められない。

指輪を盗んだ日からまた一週間が経って、通常通り大楠家に来ている。ばあさんは何も気づいていなかった。「風邪ひかなかった?」とかなんとか言いながら、いつものようにニコニコ笑っていた。ばあさんがニコニコすればするほど、俺がイライラするのはなぜなんだろうなと一樹は思う。以前は、そんなことはなかったのに。

辰夫のせいだな、と考えてみる。あいつに影響されているんだ。俺は何も言っていないのに、指輪を見た瞬間に「もしかしてこれババアの?」と言った辰夫。あいつが「ジジイ」とか「ババア」とか言うと、俺の中でも大楠のじいさんとばあさんが変化して、「ジジイ」「ババア」というしかない生き物になるみたいな感じがする。

「今度はもう少し金目のもの探せよ」

指輪を質に入れた金を渡すときも辰夫はそう言ったのだった。「楽勝だろ?」「ボケ老人をもっと活用しようぜ」とも。俺は笑って頷いた。本気で頷いたのかなりゆきか、よくわからない。

ブレスレットのときは故意ではなかった。落ちていたものを拾っただけで、結果的に盗んだことになったのだ。指輪は、盗もうと思って盗んだ。掃除のついでにこっそり抽斗を開け、宝石箱の蓋も開けて、金になりそうなものを物色した。たぶん、憂さ晴らしがしたかったのだ。ブレスレットのときのように結構な金が入ってくれば、少しは気が晴れるのではないかと。それにもしかしたら、誰かを傷つけたかったのかもしれない。傷つけて、もうこんな自分には似合わない仕事とはすっぱり縁を切るつもりだったのかもしれない。

竹箒を片付けるために庭へ戻ると、ばあさんが窓辺で手招きしていた。

ダイニングテーブルの上にはお茶と果物が用意されていた。

じいさんも席に着いている。今日はリハビリはなかった。最近はそういう日のほうが多いから、一樹は今やほとんど純然たる家政夫といったところだ。

「枇杷(びわ)をたくさんいただいたから、コンポートにしたのよ。食べきれないから、手伝ってちょうだい」

ばあさんから促され、一樹はじいさんの向かいに掛けた。ティーカップにポットから紅茶が注がれ、「お砂糖とミルクは?」と聞かれて首を振る。「コンポート」とかいうものは、すでに大鉢からガラスの銘々皿にふたつずつ取り分けられている。

「ちょっと甘すぎたかしらね」

「こういうものは思いきり甘いほうがいいんだよ」

「今年の枇杷はできがよくないってお手紙に書いてあったけど、おいしいわよね」

「いや、生で食ったらちょっと水っぽい感じだった。煮たのが正解だな」

じいさんばあさんの会話を聞きながら一樹も食べる。甘いのは苦手ではないが、こういう場は苦手だ。さっさと平らげてしまうしかない。

「おいしい?　一樹くん」

ばあさんに話しかけられた。一樹はとりあえず頷く。

「よかったら少し持って帰らない?　タッパーに入れてあげるから。冷蔵庫に入れておけば四、五日は持つわよ」

「いや……」

「彼女に食べさせてあげればいいじゃないか。株があがるぞ」

じいさんが口を挟み、

「あら。彼女がいるの？」

とばあさんは声を弾ませる。

「いませんよ」

一樹が笑いもせずに否定したせいか、

「当てずっぽうだよ」

とじいさんは少し慌てたように訂正した。

やっと飲み干したティーカップに、ばあさんがポットからあらたに紅茶を注いでしまった。舌打ちしそうになるのをどうにかこらえる。今ここでカップをひっくり返し、わめきながらテーブルの上のものを全部腕でなぎ払ったら、こいつらどんな顔をするかな、と考える。以前も似たようなことを考えた——そうだ、あのときはじいさんをいきなり殴りつけてやったら、と想像したのだった——が、今のほうが実際にできそうだしやりたいような気もする。

そうする代わりに立ち上がることにした。注がれた紅茶を全部飲む義務はないだろ

う。しかし一樹が「ごちそうさまでした」と言うより一瞬早く、

「あなたと一樹くんふたりのときは、どんな話をしてるのかしらね」

とばあさんが言った。

「どんなって……同じだよ、ゆり子がいるときと。なあ？」

「そうっすね」

あからさまに動揺しているじいさんに一樹は頷き返す。

「本当？」

ばあさんは今度は一樹に向かって笑いかける。いやにしつこい。

「そもそも会話ないですよ」

「そうだよ、男同士だと静かなもんだ」

「そういうものかしらね」

不意に空気が抜けたように、ばあさんはあっさり納得した。そいじゃ、仕事に戻ります。一樹は今度こそ席を立った。それから気づいた。ばあさんは知っているのだ、と。じいさんはAVの件があるから焦っていたのだろうが、そのことじゃない。ばあさんが知っているのは、指輪のことだ。俺が指輪を盗んだことを、彼女は知っているんだ。

そしてそのことを俺に知らせようとしていた？　いや、そうじゃない。知らせまい、としていたんだ。私は気づいていない、とばあさんは俺に伝えようとしていたんだ。

断ったつもりだったのだが、枇杷を入れたタッパーが帰りがけに用意されていた。礼も言わずに一樹はそれをデイパックに突っ込んで、大楠家を後にした。

大通り沿いのチェーン店でラーメンをかき込みながら、あらためて考える。確証はない。だが、間違いない、と思える。ばあさんは指輪が盗まれたことに気づいている。犯人は俺だと思っている。そりゃそうだろう――同じ家で短期間に宝飾品が続けてなくなり、その家に出入りしている他人は俺だけなのだから。

何でまた俺は、ばれないなんて思っていたかな。いや、ばれると思っていた気がする。むしろ、ばれてしまえ、と。だが、ばれてもばあさんは騒がなかった。黙認、ということか。どんどん盗んでくれってか。施してるつもりなんだろうか。何にせよ、俺はこれからどうすればいいのか。

「レンタルでいいよ、三味線はさ」

「あとはカヨコさんだな」

「もうさ、来なくていいですって言ったらだめなのかな」

「それ、誰が言うのかってことだよね」

「まあいいや。とにかく三味線はレンタルね。決まり」

うしろのボックス席から聞こえてくる会話になんとなく耳をすます。振り返ってみると、大楠夫婦と同じくらいの年頃のじいさんふたりだった。

三味線はレンタルか。でもって、俺は泥棒か。いや、悪人というべきなのかもしれないな。おかしな場所に連れてこられてしまったように感じる。自分がかかわる出来事が、自分の意思とは無関係に進行していくような場所に。

アパートに戻り自転車を降りたとき、外階段にもたれている人影に気づいた。

「晴子?」

「お帰り」

一樹のほうに踏み出しながら、晴子は薄く微笑んだ。顔を見るのはほとんど二週間ぶりだった。

「なんだよ。何やってんのおまえ? 何の用?」

嬉しさと同じ分量の怒りが込み上げてきて、一樹は尖った声を出してしまう。

「会いたくて」

「はあ？　意味わかんないんだけど。もう俺には会いたくないんじゃなかったのかよ。それとも男に振られたのか」

「会いたくないなんて言ってない」

一樹は混乱する。なんでそんなに必死な目で俺を見るんだ。それならなぜ俺を追い返すような真似をしたんだ。あれから今日まで一度も連絡をくれなかったのはなぜなんだ。

どうしていいかわからないまま、晴子を押しのけるようにして階段を上っていくと、あとから晴子もついてきた。狭い玄関に自転車を置き、六畳間にどかっと腰を下ろす。晴子は玄関で靴を脱がずに突っ立っていた。入れよ、と一樹は言った。

晴子は一樹の向かい側に、曖昧な距離をとって座った。オーバーサイズの白いシャツ、ブリーチしたデニムのロングスカート。もともとひょろひょろした女だったが、さらに少し痩せたように見える。スカートの裾から素足が見えている。強く握ると折れてしまいそうな踝（くるぶし）。

「それ……」

と晴子が指差した。傍に放り出したデイパックから、汁が漏れている。一樹は舌打ちする。ばあさんから持たされた枇杷だ。

こぼれた汁でべたべたになったタッパーを取り出して、「食えば」と晴子の前に押しやった。晴子はタッパーの蓋を開けて中身を見た。

「リュック、洗わなくちゃ」

「いいよ」

「臭くなるわよ」

デイパックを取ろうとする晴子の手を、一樹は乱暴に払った。晴子はよろめき、払われた手を異物のように見つめる。

「それより説明してくれよ」

たまらず、一樹は怒鳴った。

「ただの気まぐれってことか？　離れていったりすり寄ってきたり。俺を試して遊んでんのか？」

「違うよ」

「いやなんだよ俺。女のことでごちゃごちゃ考えるの。理由を言わないなら、もう付き合えない」

晴子は顔を上げて一樹を睨みつけた。

「勝手なことばっかり。何もわかってないくせに」

「だから何なんだよ。何があったのか言えよ」

「何もない。ただ、戻ってきたの。それじゃだめなの？」

「都合のいいこと言うなよ」

一樹には晴子の態度が、さっぱり理解できなかった。戻ってきたからそれでいい？ そんなふうにはとうてい考えられない。一樹がほしいのは晴子の全部なのだった。だから彼女についてわからないことがあるのはがまんならない。自分自身も晴子に打ち明けてない——打ち明けられるはずもない——ことがあるにもかかわらず。

「帰れよ、もう」

そしてもう、それしか言うことがなくなってしまう。そんなことは望んでいないのに。晴子が立ち上がって背を向けると、一樹はとっさに、枇杷が入ったタッパーを摑んで投げつけた。それは晴子の腰にぶつかって落ちた。蓋が開いて枇杷がごろごろと畳の上に転がった。汁は晴子のスカートにも飛び散っている。

晴子は振り返ると「おろしたのよ」と言った。

「え？」

「おろしたの。中絶したのよ、子供を」

一樹は言葉が出てこなかった。ぽかんと晴子を眺めた。何を言ってるんだ？　何の話だ？

晴子は空気が抜けたようにぺたりと座り込み、枇杷を拾ってタッパーに戻しはじめた。以前よりずっと白く、細くなったように見える指が、崩れかけた果物をゆっくり摘み上げるのを一樹は見ていた。


正確な日時を晴子は言わなかった。

ただ「十日くらい前」だと言った。十日くらい前。俺は何をしていただろう、と一樹は考える。ポスティングのバイトの日だったろうか。何もかもかったるくて、アパートでふて寝していたときだったろうか。

いずれにしても、それは晴子を訪ねて花屋へ行った日の数日後だ、ということに一樹は気づく。ということはあのとき、晴子の腹には俺の子がいたのだ。そして堕胎することはもう決まっていたのだろう。あの日の晴子の表情、声、動きを、思い出せるかぎり一樹は思い返していく。

いきなり訪ねて驚かせようと思っていた俺。きっと晴子は笑ってくれるだろうと能天気に思っていた俺。晴子は何も言わなかった。俺と目を合わせることはほとんどなかった。男がいるのかと俺は聞いた。「そう思いたければそれでもいい」と答えた晴子。きっともうあのとき、手術の日も時間も決まっていたのだ。

晴子が落ちた枇杷をすべてタッパーに戻し終えても、一樹は黙っていた。それから晴子が「ごめんね」と言った。

「なんでだよ？　なんで言わなかったんだよ？」

声が裏返り、自分がほとんど泣きそうになっていることを一樹は知った。

「言ったって同じじゃない」

晴子は静かに、諭すように答えた。

「どうせおろすしかないでしょう？」

「なんで勝手に決めるんだよ？　どうせ、ってなんだよ？」

「どうせ……結婚なんてする気ないでしょう？　結婚して、子供を産んで育てるなんてできないでしょう？」

「できないって、なんで決めつけるんだよ？」

「できないわよ」

晴子はさらに静かな、しかしきっぱりした口調でそう言って、薄く微笑んだ。

「あなた、そんな責任負いたくないでしょう？」

一樹は体の中が熱くなった。俺のことをそんな男だと思っていたのか。そう思う一方で、実際のところ自分はそんな男なのだとわかっていた。定職もなく、まともな仕事に採用されるだけの職歴もないし、そもそも定職に就く気もない。不安定なバイト暮らし。そのうえ盗みまで働いている……。

晴子のことは好きだったが、結婚するとか家庭を持つとかいうことは正直今の今まで考えたこともなかった。したくないということではなく、念頭にも浮かばなかった――たぶん先のことを考える習慣がなかったせいだ。晴子にはそれがわかったのだろう。そして俺を見切って、ひとりですべて片付けようとした。

「金はどうしたんだよ？　手術の金は？」

「そのぐらいは貯金があったから」

「そのぐらい」か。一樹自身は経験がなかったが、仲間内で女を妊娠させてしまったという話はときどきあって、中絶手術に大体いくらくらいかかるかという知識はあった。それすらも俺には頼れないと思ったわけか。実際、急に言われてもどうすることもできなかっただろうが。晴子にはそれもわかっていたんだろう。産むにしても産まないにしても、俺は何の助けにもならないと。

「べつの男に払わせたんじゃないのか」

そんなことはまったく思っていなかったのに、一樹はそう言ってしまった。自分が悲しんでいるのか怒っているのかわからず、それなら怒ったほうが楽だと思った。

「俺の子じゃないんだろ。だから黙ってたんだろ」

晴子は一樹を睨みつけたまま立ち上がり、アパートを出て行った。


晴子が来なくなったアパートに、辰夫が来るようになった。

布団を座布団代わりにして酒を飲む。布団も畳も、こぼした酒や食べたものの汁で、面白いように汚れていく。点けっぱなしのテレビから騒がしい音が漏れている。

「一樹、女いねえの?」

と辰夫が聞く。

「いない」

テレビに視線を向けたまま、一樹は答えた。

「なんかこの布団、いい匂いするんだけど。おまえの匂い？　これ」

辰夫は笑い、一樹も笑う。

「いたけど、別れた。ガキができて……」

「だっせーな。おろしたの？　よく金あったな」

「女が勝手にひとりで始末したんだよ。それで終わり」

「ラッキーじゃん、金払わないですんで」

布団にひっくり返って足をゆらゆらさせながら、辰夫が言う。ああ、と一樹は答えた。助かった、と。

7

信号待ちで自転車を止めている間に、汗がポタポタと落ちてくる。

まだ午前十時頃なのに、強い日差しがかっと照りつけている。ヘルメットを被っているからいっそう暑い。今日あたり梅雨明けかもしれない。

道の傍らの空き地に、ゆり子はなんとなく顔を向けた。以前建っていた古い一軒家が取り壊されてから、もうずいぶん長い間そのままになっている。雑草がぼうぼうに繁っているが、片隅に枯れて枝ばかりになっている低木があって、その枝の一本に、ドリンク剤の茶色い空き瓶が刺さっている。誰があんなことをしたのだろう。

信号が変わり、ゆり子は走り出す。家に着くと、何より先にシャワーを浴びた。さっぱりしたが、たった五キロ程度走ってきただけなのに疲れていた。もうそろそろ自転車はしんどい季節ね。本格的な夏が来るまでに、昌平が車の運転ができるようになっていればいいけれど……。そう考えながら、キッチンに立った。

買ってきた粉を計量してボウルに入れる。リスドオルという、フランスパンを焼くのに適した小麦粉だ。これがほしくて暑い中自転車で出かけたのだった。とはいえフランスパンに挑戦するのははじめてだ。レシピ本――こちらは数日前に買った――を見ながら、酵母や塩や水を加えていく。パン捏ね台がわりのまな板の上で粉を打ちはじめる。

ダイニングで稼働させているエアコンの冷気はキッチンにも届いているはずだけれど、すぐにまた汗が滲んでくる。捏ねる時間は「慣れれば七分程度」と本にあるが、慣れていないし、ちょうどいい状態がわからないから、いつやめればいいのかもわからない。ベタベタする粉をバンと板に打ちつけ、また摑んで、バン。背中と肩が痛くなってきた。でもやめられない。私はいったい何をやっているんだろう、とゆり子は思う。

もうやめよう——捏ねることだけでなく、パン作りそのものを——と決心しかけたとき、昌平が降りてきた。階段に手摺をつけたおかげで、最近は家の中では杖なしでまずまず移動できるようになっている。

「なんだ、もう昼飯の支度か？」

料理に関心のない昌平にとっては、キッチンでの作業は何でも「飯の支度」になってしまうらしい。ゆり子は曖昧に微笑んだ。

「俺の腕時計を見なかったか？」

「腕時計？　いつも着けてるオメガの？」

ゆり子は眉をひそめた。いやな予感が早くも膨らんでくる。その時計のことだと昌平は頷く。

「睦郎の部屋は？　探してみた？」

「うん……そこにあるとばかり思っていたんだが、ないんだよ。机の上に置いたはずなんだが」

「外したのはいつ？」

「一昨日の夜かな。昨日は病院へ行く日だったろう、リハビリのときは時計が邪魔になるから、着けていかないんだ。それで昨日は帰ったあとも睦郎の部屋には入らなかったから、忘れていた」

「寝室や洗面所は？　無意識に着けて、またどこかで外したんじゃない？」

「見当たらないんだよなあ。一樹くんが掃除するときにどこかに片付けたのかな」

昌平のその言葉で、ゆり子の動悸は彼に聞こえるのではないかと思えるほど激しくなった。

「私もあとで探してみるわ」

「うん、まあ、家の中にあるのは間違いないから、そのうち見つかるだろう」

昌平はとくに気にしている様子もなく、キッチンから出て行った。オメガの時計は定年の記念にと彼が自分で買ったものだったが、言葉通り、そのうちひょいと見つかると思っているのだろう。

ゆり子は捏ねることに戻った。いくらなんでももうじゅうぶんだろう、こんなに捏ねたら石みたいなパンになってしまうだろうと思いながらいつまでも捏ねた。それから突然手を止めて、小麦粉の塊を見下ろし、両手で摑むとゴミ箱に捨ててしまった。

夏枯れした枝に刺さった茶色い空き瓶。その光景がまた浮かんできた。それを目にしたのは今朝だが、もっと前からずっと見ていたように思えた。パンのレシピ本をめくっていたときも、枇杷のコンポートを作っていたときも――見えていたのは本や枇杷ではなく、あのいやな光景であったかのように。

家中を、ゆり子は探してまわった。できるだけさりげなく、「必死で探している」と昌平に気づかれないように。実際にはゴミ箱の中まで漁ってみたが、時計は見つからなかった。

まだ探していないところがあるはず。そう思う一方で、どこを探したって見つかるはずはない、と思っている。だってこの家から持ち去られたんだもの、と。昌平に言おう。

ゆり子はようやく探しやめ、そう思った。ブレスレット、指輪、それに時計。この家から三つの貴金属がなくなっていることを、今度こそ夫に知らせよう。

どうして今まで言わなかったのだろう?——それは、まだ確信が持てなかったから。もっとはっきり言うなら、一樹を疑うのがいやだったから。パールの指輪がなくなっていることに気づいて以来、一樹を疑わないですむ理由ばかり考えていた気がする。一緒に紅茶を飲んだし、枇杷のコンポートも食べてくれた。話しかければふつうに答えた。以前より愛想がなくなったんじゃないかと感じることもあったけれど、そわそわしてたり、こそこそしてたりするわけじゃないんだから、と自分に言い聞かせた……。

でも、もうだめだ。

ゆり子ははっきりとそう認める。もう自分をごまかしきれない。ブレスレットも指輪も昌平の時計も、一樹が来る木曜日のあとになくなっている。毎週木曜日ごとに泥棒が入るわけなどないのだから、だとすれば、一樹が持ち去った、と考えるのがいちばん自然なことだろう。

ゆり子が二階へ上がっていくと、昌平は睦郎の部屋にいて、携帯電話を受けているところだった。ドアが開いていたのでゆり子はノックせずに覗いたのだが、昌平は不意を突かれた様子で、電話を隠すように背中を向けた。

立ち聞きするつもりなどなかったから、ゆり子は再び下へ降りた。何の電話だったのだろう、と考える。私に隠さなければならない電話など、夫にかかってくるはずもないけれど。いやなことが起きると、何もかもがいやな感じに思えてくる。

ぎこちない足音を立てながら、昌平が降りてきた。

「何か用だったんじゃないのか」

「いえ……」

とゆり子はとっさに言ってしまった。昌平のほうが何か話したそうだったから。

「勉強会、火急の議題が生じたそうだ。新薬の副作用が新たに報告されたとかで」

「その電話だったんですか」

「俺が話す時間が取れるかどうかわからないらしい。それなら今回は出席を辞退すると応えたよ。この足だからな、用もないのに行くほどの会じゃないし」

そう見せないように努力していたが、昌平はあきらかに消沈していた。それでさっ

き も、見られたくないようなそぶりだったのだろう。ゆり子は再び考えを変えた。一樹のことは今言うのはやめよう。だってまだ、絶対とは言い切れない。何かの偶然が三回重なったのかもしれない。一樹だとしたって、今頃は反省しているのかもしれない……。

*

寝室の端から端までを、ゆっくりと昌平は歩く。一歩、二歩、三歩……まだ狭い歩幅でペンギンのような歩きかたしかできないが、ちょうど十歩で向こう側の壁に着く。ターンして、また歩き出す。杖はついていない。杖なしで歩く練習をしている。目標は、次にリハビリに行ったとき、カクニをびっくりさせることだ。

……八歩、九歩、十歩。壁に手をつき、昌平は溜息を吐く。まだ一往復しかしていないのに、ひどく疲れる。いやだめだ、これしきで参っていたら。十往復はしよう。いや、せめて八往復は。

昌平は再び一歩を踏み出した。四メートル足らずの距離なのに、壁から離れて一歩踏み出すと、まるで大海に泳ぎだすような心地がする。二歩、三歩、四歩……。歩いても歩いても着かない。六歩、七歩、八歩。腰骨の辺りが痛みはじめる。あと二歩か。その距離がひどく遠い。やっと着いた。これで一往復半か。

すみません……次回勉強会のことで、お伝えしなければならないことがありまして。もしかしたら、来ていただいても申し訳ないことになるかもしれなくて……。

頭の中で若い男の声が響いた。努めて思い出さないようにしているのだが、気を抜くとその声がよみがえってくるのだった。勉強会の実行委員と名乗っていたが、面識はなかった。あんたは来なくてもいいよと伝えるためには、知り合いでないほうが都合が良かったのかもしれない。それともそんな配慮をされていると思うのは自惚れで、ただ手の空いているやつが電話してきたのか。

……というわけで、こちらの案件のほうが緊急性がありまして。もちろん時間があればお話しいただけますが、お約束はできないという状況で……。

きっとあいつは「いいやつ」だったのだろう。俺を傷つけないような言葉を選んでくれていたのだろうが、結果的にそのことでこちらはいっそう滅入った。憐れまれている、という気分が募ってきて。了解了解と、自分がせいいっぱい明るく返答したことも思い返すとうんざりした。カラ元気であることと、そのじつ俺がひどくがっかりしていることは、相手に容易に伝わってしまっただろう。

気がつくと昌平は、壁にもたれてぺたりと座り込んでしまっていた。おいおいしっかりしろ。自分に言う。そんなにがっくりするほどのことじゃないだろう。まるで仲間外れにされた子供みたいなしょげっぷりじゃないか。

立ち上がり、再び歩きはじめた。しかし向こう側に行き着く前に、再び座ってしまった。疲れたのではなく、やる気がぷつりと失せた。

どうでもいい、と昌平は思う。カクニを驚かせて何になる。杖なしで歩けるようになったからどうだというんだ。どうせもう、自分には行く場所もたいしてないのに。


のろのろと下に降りると、リビングでゆり子がテレビを観ていた。

「何、観てるんだ」

妻がひとりでテレビに向かい合っている姿はめずらしい。ゆり子は画面を注視したまま「山猫」と短く答えた。

「山猫？」

「つけたらちょうどやってたの。ヴィスコンティの」

「ヴィスコンティの山猫か！」

懐かしい映画だった。昌平は思わず画面を覗き込んだ。大テーブルを囲む晩餐会のシーンで、黒い眼帯をしたアラン・ドロンが気取った仕草でワイングラスを傾けている。

「なんだよ、呼んでくれればいいのに」

「どうせ途中だったし」

ゆり子はあいかわらず画面から目を離そうとしない。夢中になっているのだろう。今は何を話しかけてもまともに相手をしてもらえそうにない。

キッチンへ行こうとして、昌平はふと振り返った。夢中になっているにしても、何か妙だ、という気がしたのだ。いや、妻が上の空なのは、本当に映画に夢中になっているせいなのか？

するとゆり子が、くるりとこちらを向いた。昌平は慌てたが、ゆり子は見られていることは承知だったというような顔で、「そういえばね」と言った。

「一樹くん、明日はお休みするそうよ。何か用事があるんですって。さっき電話があったの」

「そうか」

昌平が頷いてもまだゆり子はこちらを見ていた。もっと何か言ったほうがいいのか。

「……じゃあ、明日のリハビリはタクシーを呼ばないとな」

「そうね」

まだ見ている。何かあったのか、と聞こうとしたところで背中を向けた。頭の半分でアラン・ドロンのことでも考えていたのだろうか。昌平はそう思うことにして、スポーツドリンクを取り出すために冷蔵庫を開けた。


昌平はタクシーを降りると、手摺につかまりながらスロープを上った。

杖は脇に挟んで、使ってはいない。手摺があればこの程度の傾斜はもう楽に登れる。そういえば以前、ここで転びそうになったのだと思い出した。助けてくれたのが一樹だったわけだが……。あのときからすれば、格段の進歩だ。それが喜ぶべきことであるのは間違いない。

今日はリハビリの前に診察があり、そこでも「順調に治っている」と医者から言われた。リハビリをちゃんとがんばっておられるからですね、高齢の方は途中であきらめてしまわれる方が多いのにえらいですね、とほめられもした。「高齢の方」とか「えらいですね」とかいう言いかたにちょっと眉をひそめはしたが、概(おおむ)ねいい気分で診察室を出た。

　ああそうか、昨日ゆり子に「明日のリハビリはタクシーを呼ばないとな」と言ったのがまずかったのかもしれないな。

　リハビリ室へ通じる廊下を——ここには手摺がないから杖をつきながら——歩いているとき、昌平はふっと思いついた。あれは「明日のリハビリはタクシーで行くよ」と言うべきだったんだ。いつもの癖で、いかにも付き添いを期待しているような言いかたをしてしまった。それでゆり子は、あんなふうにじっと俺を見ていたんだ。「まだひとりで外出できないの？」と言いたかったんだ。

　もちろん今日はひとりで来た。運転手の一樹が来ないのならひとりでタクシーで行く。最初からそのつもりだったのだ。だからゆり子も、安心したことだろう。だが、そういえば、「一緒に行きましょうか」とは言われなかったな。ぼんやりと微笑んで「行ってらっしゃい」と送り出されたのだった。つまり最初から付き添う気はなかったわけか。じゃあ妻が昨日、俺に言いたかったことは何なんだ。

勉強会のことだろうか。俺が落ち込んでいるのを察して、慰めの言葉を探していたのか。いや、昨日のゆり子の様子はそういうのではなかった。あれは、何か大事なことを言おうかどうしようか迷っていた顔ではなかったか。なんだ。まさか離婚したいとか？　ばかな。何を突拍子もないことを考えているんだ。

「いらっしゃいませー。調子どうですー？」

リハビリ室で出迎えるカクニの快活な声に、昌平は早々に負けた気になる。

「いいな、何の悩みもなさそうで」

思わずそう呟くと、

「あたしの何を知ってるんです？」

と真顔で返されて、それはそうだなと、昌平はこれも早々に反省した。


帰りはタクシーでなくバスに乗ろう、と昌平は突然決めた。

病院の前にちょうどバスが来ていたのだった。駅行きで、家に帰るには逆方向だったが、たまにはそれもいいだろうと思った。

タラップを上るときにはちょっと緊張したが、気遣わしげな運転手の手を借りることなく、座席に座った。バスは走り出す。バスの車窓から見る町の景色はみょうに新鮮に目に映り、子供のように昌平は見入った。

四、五歳の頃、幼稚園を脱走したことがあった。外遊びの時間に、ふと見ると門が開いていたから、何も考えずにするりと抜け出したのだ。すぐに連れ戻されるだろうと思ったのだが、誰にも呼び止められなかったから、そのままテクテクと歩いていった。

十分足らずの、冒険というほどのこともない道程だった。どこへ行けばいいかわからず、結局は家までの道を辿ったのだから。しかしあのとき、見慣れた通園路がまったく違う道に見えたことは今でも覚えている。いつもよりずっとだだっ広くて、風も鳥の声も通行人も車も、その存在は知覚できるのにすべてが静止しているように感じられ、だからとても静かで、その道が自分の家に通じていることはわかっているのに、どこか知らない場所に向かって歩いている感じがした。今もちょっとあのときに似ているな、と昌平は思う。

バスは駅前のロータリーに着き、さてどうしようかと昌平は思った。どこかで昼食を食べてもいいが、それだとゆり子に自分のぶんの昼食はいらないと連絡しなければならず、何か余計な心配をさせてしまいそうだ。そういえば幼稚園を抜け出したときも、無事に家まで辿り着いたにもかかわらず、脱走の理由を親たちからさんざん問い質されたものだった。「門が開いてたから」「なんとなく」としか答えられなかったのだが。「バスが来たから」「なんとなく」ではゆり子も納得しそうにない。こういうことで夫が妻を納得させるのは、幼稚園児が大人を納得させることより難しいかもしれない。不自由な身になったものだ。

それで、昌平がレンタルショップに向かったのは、『山猫』のことを思い出したからだった。久しぶりに観たくなったし、ゆり子も昨日は途中から観たようだったから、DVDを借りて帰れば喜ぶだろう。それに、この「脱走」の理由としては最適だ。

レンタルDVDコーナーにはヴィスコンティの棚があり、『山猫』はすぐに見つかった。それを持ってカウンターに行こうとしたとき、暖簾で仕切られた一画が目に留まった。アダルト映画のコーナーであることがわかり、昌平はそこへ入っていった。

「日活ロマンポルノ」の棚から、この前一樹に頼んだが彼が借りてこなかった『団地妻　昼下りの情事』を探し出し、『山猫』とともに借りることにした。カウンターでは会員登録やら何やらが必要で、手続きのためにずいぶん足止めされることになったが、その間、疚しさや気恥ずかしさはなかった。アダルトコーナーに並んでいるほかのDVDに比べれば、日活ロマンポルノの棚は上品と言っていい佇(たたず)まいだったし、『団地妻……』を借りたのは、『山猫』同様の懐かしさ故だったからだ。しかし——あとから考えれば——それは知っている道が見知らぬ道に感じられたり景色が静止して見えたりすることと同じ「脱走」の魔力だったのかもしれない。

「ただいま」

昌平は、二本のDVDが入ったレンタルショップの袋を隠したりせず、ふつうに手に持って家に戻ったのだった。

「遅いから心配したのよ。どうしたの？」

ゆり子に問われ、躊躇なくその袋を掲げて見せた。

「『山猫』、借りてきたんだよ。どうしても観たくなってさ。ゆり子も最初からちゃんと観たいだろう」

「レンタル屋さんに行ってたの？　病院の近くにあるんですか」

「いや、バスで駅まで行った」

「あらまあ。バスで？」

そんなふうに話が少々ずれたのだった。昌平がひとりでバスに乗ったことや駅まで行ったことに、ゆり子がいちいち驚いた様子だったので、その時点で、『団地妻……』のことが頭からすっぽり抜けてしまった。それで昌平は、レンタルショップの袋をリビングのテーブルの上に置いたままそのことを忘れてしまったのだ。

そしてそれを思い出したタイミングも悪かった。いったん二階に上がり三十分ほどしたところで、あれをゆり子に見られるのはまずいと気づいて、慌てて降りた。するとまさにゆり子が、レンタルショップの袋からDVDを取り出しているところだった。

「ああー」

と昌平はおかしな声を上げてしまった。ゆり子は二枚のDVDを両手でそれぞれ持って眺め、それから昌平のほうを見た。

説明しなければ、と昌平は思った。これはタイトルほどはいやらしい映画ではないのだと（確信はなかったが）。少なくとも、いやらしい気持ちで借りたわけではないのだと（断言はできないが）。ゆり子と一緒に観るつもりだったのだと（そこまでは考えていなかったが）。だが何か言う前に、

「二枚借りたのね」

とゆり子が言った。怒ってはいない、呆れてもいないが、他人を眺めるようなその表情を見たら、昌平は何も言えなくなって、ただコクリと頷いた。

＊

その必要もないのに朝七時前に目覚めてしまい、二度寝しようと努力したができなくて、布団に入ったまま考えたくもないことをあれこれと考えていたら、十時過ぎに辰夫から携帯に電話が入った。

「出てこねえ?」と言われ、気が進むわけではなかったが一樹は結局出かけることにする。部屋の中は辰夫が汚していったまま、ろくに掃除もしていないので、ずっといると気が滅入ってくる。駅前まで自転車を走らせる。快晴で、朝から暑い。

待ち合わせのコーヒー店に、辰夫は先に座って待っていた。テーブルの上には、サンドイッチやデニッシュの残骸が散らばっている。

「何やってんの、朝っぱらから」

呼び出されてノコノコやってくる自分も自分だけどな、と思いながら一樹は言う。そもそもこいつとは付き合うつもりはなかったのに、いつの間にかこんなことになってしまった。

「朝っぱらっていうか、昨日の続き」

なんとなく得意げに、寝てないんだ、と辰夫は言う。一樹の部屋でだらだらしているときでも、携帯に電話が入ると慌てて出かけて行くことが何度かあった。電話の応答の仕方から相手が女でないことはわかっていたが、じゃあどういう相手なのかと聞くことを避けていた。知らないほうがいいという予感があったのだ。

「そんなら帰って寝りゃいいじゃん」

「いや、なんかアドレナリン出まくりで眠れそうもねえから、おまえのボケた顔見てクールダウンしようと思って」

「言ってろよ」

どうしてアドレナリンが出まくったのかはやはり聞く気にならない。とっとと帰ろう。そう決めてアイスコーヒーのグラスに手を伸ばすと、

「おっ、いい時計してんじゃん」

と辰夫が目を輝かせた。

「いいだろ」

と一樹は笑ってみる。

「じいさんからのプレゼント」

と。うひゃひゃひゃと、辰夫は笑う。もちろんこれが「プレゼント」などでないことはわかったのだろう。いつものように、明かしたことを早々に一樹は後悔する。これもいつものように、明かしたいという気持ちがあったからわざわざ時計を着けてきたのだが。

「見して見して」

せがまれ、外して渡す。時計が辰夫の手でいじくり回されるのを見ていると、ひどくいやな気分になる。

「金に換えないの？　これ」

「ちょうど腕時計なかったからさ。しばらくは使おうかなって」

「俺に渡せば結構いい金にしてやるのに。まあいいか」

辰夫は放り投げるようにして時計を返した。

「浮かれて時計はめたままジジイの家に行くなよ」

うひゃひゃひゃ、ともう一度笑ってから、

「そういや今日、お手伝いさんの日じゃねえの？」

と辰夫は言った。

「休んだ。かったるいから」

「盗んで休んだら俺がやりましたって言ってるようなもんじゃん」

「いいよもう。たぶんこのままやめる」

「やめたら訴えられるんじゃねえ？」

「やめなくてもそのうち訴えられそうだし」

実際には、いずれにしてもあの老夫婦が警察に行ったりすることはないだろうと思えた。そういうやつらなんだ。だからもう行きたくなくなったのだった。ばあさんが自分を見るときのなんとも言えない表情を思い出すとげんなりする。

「だっておまえ、気に入られてんだろ」

一樹の心を読んだかのように辰夫が言った。一樹は無視して、窓の外に視線を移した。

店内が薄暗いぶん、外は別世界のように明るかった。ほとんど日陰のないコンコースを、男や女が駅に向かって歩いている。あいつらみんなどこに行くんだろうな、と思う。ひとりひとりがひとつずつ行き先を持っているというのが不思議だった。

「うわーすげえ。見ろよ」

つられて窓の外を見ていた辰夫が下卑(げび)た歓声を上げる。腹の大きな女たちが、駅舎からぞろぞろと出てきたところだった。女たちはコンコースには出ずすぐに右に曲がって、ふたりがいる店の前の道をひとり、またひとりと通っていく。

「腹がでかい女って、けっこうそそるな」

辰夫が言い、

「俺は全然、ないね」

と一樹は吐き捨てた。

「なんでこんなにうじゃうじゃいるんだろうな。何かの宗教?」

「どっかで検診とかあるんだろ」

「詳しいな、一樹。そういやおまえの女、ガキができたとか言ってたもんな」

そうだよ、だからこいつらが醜く見えるんだ、と一樹は胸の中で言う。

「ふーん。なるほどね」

一樹は何も答えていないのに、辰夫はひとりごちた。

「一樹、おまえ来週は行けよ、おじいちゃんとおばあちゃんの家」

「なんで」

「どうせやめるならもう少し稼いでからにしろよ」

辰夫はニヤニヤ笑った。

＊

洗濯機から出したシーツと布団カバーをかかえて、ゆり子は階段を上った。二階から昌平が降りてくる。すれ違うときぶつからないように、彼のほうが手摺に張りつくようにして避けた。すみません。ゆり子は小さな声で言う。聞こえなかったかもしれない。夫が「あ」と言ったのは聞こえたが、振り返ろうかどうしようか迷っているうちに階段を上りきってしまった。

夏希の部屋から、ベランダに出る。シーツも布団カバーも乾燥機ではぱりっと乾かないので外に干すのだが、庭に渡したロープでは幅が足りないので、ベランダの手摺を使う習慣なのだった。

ときどき風を入れているとはいえ、もう何年も主がいない部屋は独特の匂いがこもっている。窓を開けるために、洗濯物を勉強机の上に置いた。いつ見ても乱雑だった机の上――兄と対照的だった――を、夏希は家を出るときにそれなりにきれいにしていったが、机の前の壁にはまだ、雑誌から切り抜いたオーティス・レディングと、フレディ・マーキュリーの写真が貼ってある。夏希が高校生の頃、口を開けばこのふたりのことばかりだったので、ゆり子も名前を覚えてしまった。

しばらく干していなかったので、まずはベランダの手摺をタオルで拭いてきれいにした。庭に植えて上まで絡ませているつるバラの枝が梅雨の間に伸び放題に伸びていて、どうにかしないことにはシーツと布団カバー二枚は干せそうになかった。ゆり子は溜息をつき、バラに侵食されていない部分の柵にとりあえず布団カバーだけを干した。

水を含んだ布団カバーをきれいに干すのはやっかいで、腰の辺りが攣りそうになるのを感じながら、この前干したときはこうじゃなかったのに、と考える。でも、この前といったってそれほど前のはずはない。そんなに短期間で体が衰えるものだろうか。それから、そうだこの前は、一樹くんに頼んだんだわ、と思い出す。

シーツは庭に干すしかないわねと思いながら、ゆり子は夏希の椅子に座り込んでしまった。今日は木曜日だが、一樹はいない。昨日の夜、電話があった。

「石川ですけど」

ぶっきらぼうに彼が名乗ったところから、ゆり子はあらためて思い出した。

「明日そっちには行かないんで」

それとも「行けないんで」と言ったのだったか。そこが肝心であるように思えるが、今となってははっきりしない。いずれにしてもゆり子が返したのは「はい」「ええ」といった類の了解の返事だけだった。

もう、これきり来ないつもりかもしれないとも考えながら、正直なところほっとしている。顔を合わせるたびに相手の表情を、でなければ自分の表情を気にしたり、一樹がこの家の中にいる間じゅう、そわそわしたりせずにすむから。だが今、もし今日一樹が来ていたら、シーツも布団カバーもバラの枝も彼がさっさと片付けてくれたのに、とも思っている。

このまま彼が来なくなるなら、新しいひとを探さなければならないだろうか。いや、昌平の足も回復してきているのだし、ぜひとも必要というわけではないだろう。次に探すとしたらまずは家政婦派遣サービスの業者を探すのが手順だろうが、それはなんだか大げさに思えるし、気に入るようなひとが来るかどうかもわからない、と思う。結局のところ、自分が求めているのは「一樹のような」存在なのだということに、ゆり子はもう気がついている。

シーツを持って降りていくと、ダイニングの椅子に座っていた昌平が「あ」とまた言った。

「手伝おうか？」

「いえ……」

ゆり子はそっけなく断ると、勝手口から庭に出た。あのいやらしいＤＶＤを目にして以来、夫とうまく会話ができない。病院の帰りにひとりで駅まで行ったのは、あんなものを借りるためだったのか。妻の私がいるのに、あんなものが必要なのか。それこそ大げさに考えすぎだと思いながら、どう考えればいいのかもわからなくて、結局、昌平を無視するしかなくなってしまうのだった。

8

「どーも」

という声は一樹だった。ゆり子は思わず受話器を握りなおした。

「来週、行ってもいいですか」

「え？　どこに？」

「いや、だからそっちに。来週、俺、働けるんですけど」

「……ああ、そうなのね。ええ、もちろん」

「じゃあ行きますんでよろしく。ちょっと相談もあるんで……」

「相談？」

ゆり子が聞き返すのと同時に電話はプツリと切れてしまった。一分とかからない通話だったが、様々な考えが去来してゆり子は電話の前に突っ立ったままぼんやりしていた。ベルが再び鳴り響き、飛び上がりそうになる。

「もしもーし」

聞こえてきたのは夏希の声だった。ゆり子はほっと息を吐きながら、「はいはい」と応じた。

「ママ、今ちょっと話せる?」

夏希はいつも通りの口調だった。だからゆり子はべつに身構えたりはしなかった。同じような前置きで、彼女が仕入れた笑い話やちょっとした情報を披露することはこれまでにもあったからだ。こんな気分のときに娘と話せてよかった、とさえ考えていた。


ゆり子は階段を駆け上った。

ノックするのも忘れて睦郎の部屋のドアを開ける。ベッドで足を伸ばして本を読んでいた昌平――最近、ゆり子がつんけんしているせいか、何をするにもこの部屋にいることが多い――が、ぎょっとしたように顔を上げた。

「あなた、夏希に電話してちょうだい」

「え、なんだ? 何の話だ?」

「アメリカへ行くって言うのよ。来月、行ってしまうって」

涙声になっていた。慌てて近づいてきた夫に、さっきの電話のことを泣きながら話した。そうしている間にも、娘が飛行機に乗って飛び立ってしまいそうで気が気ではなくなる。

アメリカで本格的にジャズの勉強がしたい、と夏希は言うのだった。相談ではなくすでに決定したことの通達だった。住むところも決まっていて、ビザとやらも取ってある。働き口のあてもある。滞在期間は決めていないが、少なくとも三年は向こうで暮らすつもりでいる……。

「またえらく急な話だな」

まだよく呑み込めていない様子で呟く夫に、

「お願いだからあの子に電話して、言って聞かせてちょうだい。そんな身勝手は許されないって」

とゆり子は声を高くした。のろのろ動く夫を急かしながら、一緒に階段を降りる。

昌平が電話をかけるとすぐに娘に繋がったようだった。

「ああ、パパだけど。えーと、アメリカに行くんだって？」

昌平の呑気な口ぶりに苛々しながら、ゆり子は彼の背後で成り行きを見守った。

「……そのアパートっていうのは、どうやって探したんだ。え？　危なくないのか。……ああ、そうなのか。うん。うん。アメリカ人？　日本語はできるのか？　うん。うん。なるほど、そりゃあそうだな。うん……」

昌平は長々と喋っていたが、いっこうに娘の渡米を止める様子がなかった。口を挟もうかどうしようかと迷っているうちに、電話は終わってしまった。

「何て言ってるんです？　あの子は」

つかみかかるようにそう聞くと、

「どうも恋人みたいだな」

と昌平は言った。

「恋人？」

「アメリカ人らしい。こっちで知り合ったが、その男の住まいはアメリカにあって、そこで一緒に住むって。日本語はできないことはないが電話で会話できるほどじゃなくて、だから俺たちとは……」

「結婚するってことなの？」

昌平を遮ってゆり子は言った。夫の言うことはさっぱり要領を得ない。アメリカ人の恋人と一緒に住む？　まさか、向こうに永住するということなのか。

「結婚はしないんじゃないか、あいつのことだから。だが、付き合いはずいぶん長いらしい。家の事情でその男がアメリカに戻ることになって、一緒に行くことにしたって……」

「相手の家の事情？　じゃあ自分の家の事情はどうなるの？　自分の親を見捨てるのはかまわないということですか」

「おいおい」

昌平はたしなめる口調になった。

「夏希の人生は彼女のもので我々のものじゃないだろう」

「だって、こんなに急に……」

「ゆり子がそんなふうにごねるのがわかってたから、間際まで黙ってたんだろう。アメリカに行ったって、縁が切れるわけじゃなし、ときどきは帰ってくると言ってたし……。どうせこれまでだって来ないときは半年に一度くらいしかあらわれなかったじゃないか」

「帰ってこないわよ、もう」

ゆり子は言い捨てると、昌平を残してばたばたと二階に上がった。寝室に閉じこもり、ベッドの上で涙をこぼした。

昌平はちっとも役に立たない、と思う。夏希の機嫌をとることにばかり腐心して、その結果どうなるかなど考えていないのだ。そもそもあの子があんなふうに身勝手な生きかたをするようになったのは昌平が甘やかしたからだ。言うべきときにもっとちゃんと言ってくれれば、今頃は結婚して、子供のふたりもいて、毎週末に訪ねて来てくれるような娘になったかもしれないのに。

「もう！」

ゆり子は枕を拳で叩いた。もう！　もう！　と繰り返しながら数回叩くと、次第に落ち着いてきた。

身勝手なのは自分のほうかもしれない。

夏希の自由な生きかたを、心配しながらも自分は応援していたはずなのに。親の世代の常識や価値観を子供たちに押し付けるようなひとたちを、自分は難じていたはずなのに。それなのに、自分の手が届かないところに娘が行こうとしているのがわかったとたんに、彼女のこれまでの人生を否定するようなことまで考えはじめている……。

*

一本早いバスに乗ったので、昌平はコンビニに寄ることにした。

今日はリハビリの日だ。一樹が来ているのだが、彼の手を借りずひとりで病院まで行くことにしたのだった。

この前バスで駅前まで「遠征」して――その結果ゆり子と気まずくなってしまったわけだが――、自信がついたこともある。それに一樹がしばらく来なくて、家の中の仕事がたまっていたようだったから、ゆり子を喜ばせたかった。見送る顔がさほど嬉しそうではなかったことは少々気になっているが。

ともあれ最近、ゆり子は話しかけてくれるようにも、笑ってくれるようにもなったし、「日活ロマンポルノ危機」は収束しつつあるのだった。きっかけは夏希からの電話だった。

もちろんさびしさはある。

だが仕方がないじゃないか。昌平はそう思うことにしている。今回だけではなく、ずっと以前から――もしかしたら夏希が成人した頃から、心のどこかで――そう思ってきた。この娘は、親がどう言おうと生きたいように生きる人間なのだ、と。だったらその生きかたを尊重して、求められたときに手を貸せばいい、と。あなたは娘に甘すぎると、再三ゆり子から言われてきたしその自覚もあるが、もしかしたら「子離れ」は、妻よりも早かったのかもしれない。

渡米を知らせる夏希からの電話のあと、ゆり子は最初は子供みたいに駄々をこねていたが、最終的には納得した。頭のいい女だから、子供のためにどうするのがいちばんいいかは、落ち着いて考えれば理解できるのだ。そのことについて夫婦でじっくり話し合ったことで、それまでのぎくしゃくした雰囲気も少しずつ薄まっていった。それもよかった。大きな問題が起きて小さな問題が覆われた、ということなのかもしれないが。

まあ、さびしいけどな。

昌平は今一度その気分を噛みしめて、コンビニのドアを開けた。ゆり子に頼まれた、エアコンのリモコン用の乾電池を――そういえば足首を折ったのも、乾電池を買いに行ったせいだったと苦々しく思い出しながら――手に取ってから、なんとなくマガジンラックのほうへ回った。

「3ステップでできる晩ごはん」なる冊子を手に取ってみる。パラパラとめくったが、読まずに眺めただけだった。それを棚に戻すと、その下にあった似たような冊子を抜き取った。「男子厨房に入ろう」というサブタイトルがついている。今度は少し読んだ。「まずはスタイルから入ろう」と題されたページの、自分より少し若い年回りのガタイのいい髭面(ひげづら)の男が着用しているエプロンの、商品名や値段のところなどを。なるほどな、と独りごちて、静かにページを閉じた。

これからは、こういうことにも挑戦してみようか、とちょっと考えているのだった。今、二冊めくってみての感想は、「取りつく島もない」ではあるのだが。ヒッコリー柄とやらのエプロンにも頭に巻くバンダナにも、眉をひそめるしかないのだが。しかしたとえば目玉焼き程度のものでも、ある朝さらりと旨そうなやつを焼いてみせたら、ゆり子はびっくりするだろう。

そうだ、俺は妻をびっくりさせたいんだ、と昌平は考える。骨折したあと杖なしですいすい歩けるようになってもそれは元通りになったというだけのことだ。元通りになって、さらにそれから、あらたにゆり子をびっくりさせたいんだ。この歳になっても。いくつになってもだ。夏希はアメリカへ行ってしまう。だが、失うものがあっても得るものもあると、自分にも、妻にも言いたいんだ。

そのあとしばらく、スポーツ情報誌を立ち読みした。今号は自転車特集だったから、それまでの二冊よりもよほど熱心に読んだ。今年中には、自転車に乗れるようになるだろうか。自転車を漕ぐことができて全快ということだろうな。前からほしかったフォールディングバイクを記念に買っちまおうか。そうだ、そうしよう。そういう目的があってこそ、がんばれるというものだ。

ふと顔を上げると、窓の外の男と目が合った。今どきのずるずるした格好の若い男で、隣に似た雰囲気の男がもうひとりいる。ふたりは昌平を見ながら何か言い交わし、ニヤニヤ笑った。なんだ？　俺がこういう雑誌を読んでることが笑えるとでもいうのか。

昌平はそそくさと雑誌を棚に戻すとレジに行って乾電池を買った。表には若い男たちがまだいたが、極力見ないようにしてその場を離れた。まだ杖を手放せないとはいえ、この数日はかなり軽快に動くように感じられていた自分の体が、再び動きにくくなったように感じた。あいつら、まだ見ているだろうか。「オヤジ狩り」という言葉を思い出す。まさかな。若い男というだけで敵だと考えるのはどうかしている。俺だってかつては若い男だったのに。それに一樹のことがある。一樹はあいつらと同じ年回りだし、雰囲気も似ている。でも一樹はいいやつじゃないか。

何事も起きぬまま通りを渡り、病院のアプローチに辿り着いたが、コソコソ逃げるようだった自分の態度にあらためて屈辱的な気分になった。一樹と一緒に来ればよかった、と思った。そうすればあいつらは、あんな目で俺を見なかっただろう。

それから昌平は、自分が一樹のことを、番犬のように——実質的なというよりは、心理的な番犬のように——思っていることに気がついた。そのために彼を雇っているのかもしれない、と。

リハビリを終えて家に——今日はまっすぐ——戻ると、一樹が家の前を掃いていた。

「よう。しばらく」

今朝は一樹が来る前に家を出ていたから、昌平は片手を上げて挨拶した。

「どうも。病院まで、ひとりで大丈夫でしたか」

白い歯を見せて一樹は応じる。

「ああ、もうカルイもんだよ」

一樹の表情に合わせるように、昌平は軽口を叩いた。

「すごいっすね」

「大雨にでもならないかぎり、送り迎えはもう必要ないよ。だからってやめないでくれよ。妻が君を頼りにしてるから」

「やめませんよ。こんないい職場、なかなかないから」

「そのうちボーナスでも出さないとな」

はっはっはと笑って、昌平は家に入った。今日の一樹はまたばかに愛想がよかったなと思う。何かいいことでもあったのか、それとも休んでいる間に、うちが「いい職場」であることをあらためて認識したのか。

さっきは冗談のように言ったが、これからずっと来てもらうとなれば、ボーナスのことも考えてやらなきゃならないな。そんなに大金は出せないが、一年に一度か二度、ひと月分の報酬を上乗せして渡してもいいだろう……。

「ただいま」

「あら、お帰りなさい。どうでした」

「もうバスも慣れたもんだよ。リハビリでもその意気や良しとほめられた」

「お昼はオムライスかチャーハンができるけど、どっちがいい?」

「オムライス!」

妻の機嫌も問題ないことを確認し、昼食までは少し時間があるので昌平は二階に上がった。昔買った自転車のムックが何冊か置いてあったはずなので、読み返してみたくなったのだ。

ムックは机の下の、右側の袖机の下に重ねてあった。一冊抜き取ろうと、腰を屈めたときだった。左側の袖机の下にも右同様の空間があって、そちらには製薬関係の資料——勉強会で使おうと思っていた——が重ねてあるのだが、その上にキラリと光るものがあった。

「おーい、ゆり子」

昌平はそれを手にして再び一階に降りた。

「時計、あったよ。袖机の下に落ちてた」

「あら……まあ……」

ゆり子は奇妙な表情になった。驚くでも喜ぶでもなく、どんな顔をすればいいのか決めかねているような。どうして今まで見つけられなかったのか不思議に思っているのだろう、と昌平は考えた。

「袖机と資料の間に挟まってた。資料をそこに突っ込んだときに、外れたのかもしれないな」

やや無理がある推測だったが、ほかの可能性は考えられなかったから、昌平はそう言った。

「よかったわ、見つかって」

ゆり子は頷き、微笑んだ。

地下鉄のホームから地上へ出る長いエスカレーターに乗っているとき、鼻歌が聞こえた。

隣の下りエスカレーターですれ違った誰かが歌っていたのだろう。聞き覚えのある曲。

「何だったかな」

幹線道路沿いの歩道を歩き出しながら昌平はゆり子に聞いた。案内状の地図を見ていたゆり子は怪訝そうに「何が？」と聞き返した。

「フンフフフーン、フーンンン」

昌平はハミングした。

「さっき隣のエスカレーターで誰かが歌ってたんだ。知ってる曲だったんだが、曲名を思い出せないんだよ。フンフフフーン、フーンンン」

ゆり子はぷっと噴き出した。

「さっぱりわからないわ」

「いや、ぜったいゆり子も知ってる曲なんだよ。ふたりで聴いた……何だろう、映画音楽かなあ。ああムズムズする」

「ほら、きっとあのビルよ。一階が水炊きのお店だって書いてあるから……」

ゆり子が通りの向こうを指差したので話はそこで終わりになった。昌平のかつての同僚が定年後に写真をはじめて、その作品展が小さなギャラリーで開催されている。オープニングパーティーに出席するために、ふたりは久しぶりに都心に出かけて来たのだった。

大勢が来ていた。半数は会社繫がりの、昌平も見知った顔だったが、半数は会ったことのないひとたちだった。若い男女も多く、きっと写真の勉強をはじめてから知り合ったのだろう。シャンパンで乾杯したあと、写真の鑑賞もそこそこに昌平はそんなことを考えていた。

そうして、主催者や知人たちとひと通り挨拶を交わしたあとは、再びさっきのムズムズが戻ってきた。どうしてこんなに気になるのだろう。もはやさっきの鼻歌の曲名が知りたいわけではないのだということに、昌平は気がついた。知りたいのはゆり子に、あるいは自分たち夫婦にまつわること——何か触れられそうで触れられない、ラップみたいな薄い膜の向こうに見えているものだ。この膜とこのムズムズを、今日ではなくしばらく前から俺は無意識に感じていたのだ。

ギャラリーを辞すと、ふたりはタクシーで十五分ほどの距離を移動して、予約してあったレストランへ行った。

昌平がグルメサイトで検索した店で、詳しい情報はゆり子には事前に知らせておらず、行ってみてのお楽しみ、ということにしていた。というのは写真展のテーマが「シチリア」だったので、シチリア料理を出す店を探しておいたのだ。それがわかるとゆり子がいたく喜び、感心もしてくれたので、昌平は得意になった。

　グルメサイトで店を探すなど、勤めていた頃は部下に任せきりだったが、やろうと思えば造作もなかった。いや、実のところは要領を得るまで少々手間取り、書きたいやつらが書きたいように書いている「レビュー」とやらを読むことにも苛々させられたのだが、それでも、やってやれないことはない、というわけだ。

「おいしい！　これ」

　前菜に注文したひよこ豆のフリットをひと口食べて、ゆり子が目を丸くする。うん、旨いな。昌平も同意した。料理にかんしては、自分の舌にさほど自信があるわけではないのだが、ゆり子がおいしいと言うのなら間違いない。照明を落とした店の雰囲気も良く、接客も申し分ない。一眼レフを使いこなして写真が撮れるようになっても、こういう店はなかなか探せるもんじゃないだろうと、昌平はさっきの個展の主催者に心中密かに勝利宣言をした。

　スプマンテを一杯ずつ飲んだあと、赤ワインのボトルを一本頼んだ。普段のふたりの酒量からすると多すぎる分量だが、たまにはこういうのもいいだろう。酔うほどに愉快になってきて、さっきのムズムズのことを昌平は忘れかけていた。

「夏希があちらへ行く前に、みんなでお食事したいわね。このお店はどうかしら」

ゆり子が言う。パスタには香ばしく焼いた鰯と香りのいいシャキシャキした野菜——さっき名前を聞いたが覚えられなかった——が使われていて、これはたしかにまったく旨いな、と昌平は思う。

「しばらく和食が食べられなくなるんだから、君の手料理のほうがいいんじゃないか」

「そうね。でもここにも連れてきたいわ」

「じゃあ何度でも食事会を開けばいいさ。寿司屋でもてんぷら屋でも連れて行こう。あいつは食い意地が張ってるから、ほいほい来るぞ」

「そんなには時間が取れないんじゃないかしら。出発前で慌ただしいでしょうし」

ゆり子が俄(にわ)かにしょんぼりした様子になったので、昌平は慌てた。

「来年になったらふたりでアメリカに行こうか。向こうに夏希がいるなら安心じゃないか。毎年訪ねたっていい」

「毎年なんて……」

「海外旅行、もう何年行ってないかな。スペインが最後だろう。シチリアもいいよねえ。今日の写真見てがぜん行きたくなったな」

「そうねえ。きれいだったわねえ」

ゆり子は微笑んだが、どこかぼんやりした、目の前の夫ではなくそれこそ遥かなシチリアの風景でも眺めているような表情だった。ムズムズがまた戻ってきた。そうだ、この頃のゆり子はときどきこういう感じになる……。

メインの豚肉のローストが運ばれてきた。リンゴジャムのような甘いソースがかかっている。ゆり子は機械的にナイフとフォークを動かしてひと切れを口に運び、「すっごくおいしいわ」と感想を述べてから、再びどこを見ているかわからないような表情になった。

「そういえば、言うのを忘れてたんだけど……」

「うん?」

「一樹くんにお金を貸したの」

「うん……」

どうして今そんなことを言い出すのだろう、と昌平は思った。貸したのは五百円とか千円とか、その程度だと思ったからだ——家に来たとき、うっかり財布を忘れたかした彼に、帰りに弁当を買って帰れる程度の金を貸してやったのだろうと。

「そういえばハワイに行く計画を立てていたのに、夏希がお腹にいることがわかって取りやめたのよね」

　昌平はますますわけがわからなくなる。たしかにそういうことがあったが、それと一樹に金を貸したことと、どう繋がるのか。

「一樹くんのガールフレンドに、赤ちゃんができたらしいの」

「えっ」

「だけど産まないことに決めたんですって。今はまだ、経済的にむずかしいって。だからその……手術をしなくちゃならないの。そのお金が足りないから、お給料を前借りできないかって相談されたの」

　昌平は眉をひそめた。今聞いた話の内容故にというより、話している妻の上に例の膜がかかりそれがどんどん厚くなっていくように感じられたからだ。

「あなたに聞いてからと思ったけど、そんなに大金じゃなかったし、ちょうど持ち合わせがあったから……」

「いくら貸したんだ」

「五万円」

　というのが妻の答えだった。

＊

平日の遊園地はほとんどひと気がなくて、くそ暑い。

連れの女は茉里亜(まりあ)というふざけた名前で、黒いTシャツに黒いロングスカート、黒いエンジニアブーツを履いている。目の周りもメイクで真っ黒、髪だけが赤に近いワイン色という全体像で、女ではなく動物でも連れているような気分に一樹はなる。

「どうする」

日陰がまったくない広場の真ん中でそう聞くと、

「最初はジェットコースターに決まってるでしょ」

と茉里亜はしれっと答えた。

「マジかよ」

「マジマジ」

「ひとりで乗れよ。俺やだよ」

じゃあそうする、と元気よく頷くので、ベンチに座り、丸太を模したカートに嬉々として乗り込む女を見送ることになった。数日前の深夜、辰夫と一緒に居酒屋でナンパした女だった。向こうも女ふたり組で、双方ひどく酔っ払っていたから大騒ぎしながら一緒に飲んだだけでその夜は別れたのだったが、名前と携帯番号だけが記された手作りの名刺がデニムのポケットに入っていて、かけてみたらこの女がやってきたというわけだった。

細いレールの上を、ばかげた高さまでカートはゴトゴトと登っていく。先頭に同じくらいの年頃のカップルが乗っているが、あとは茉里亜を入れて数人といったところだ。乗客がひとりだったとしても動かすのだろうかと考えながら、見るともなしに見上げていたら、頂上で茉里亜は手を振ってよこした。両手をブンブン振り回している。大丈夫かあいつ。はしゃぎすぎて落ちるんじゃないのか。次の一瞬、ゴオ、という音とともにカートが急降下し、一樹は思わず首を竦（すく）めた。高いところは正直あまり得意ではない。

強い日差しに焼かれて頭がじりじりしてきたが、動くのが億劫でそのままベンチに留めつけられたように座っている。ジェットコースターのレールは急降下と回転を繰り返しながら、園内をほぼ一周するように巡っている。キャーッという悲鳴は茉里亜が上げているのかもしれない。彼女に請われて遊園地に来た。へんな女だ。美容師見習いだとか言っていた。ガリガリに痩せていて目だけ異様に大きくて、ブスというほどではないが美形とは言えない。酔っていたせいであまりよく覚えていないが、たぶんもうひとりの女のほうがきれいだった。どうせならあっちにすればよかった。今頃は辰夫がよろしくやっているのかもしれないが。

カートが戻ってきた。イエーという声は今度こそ間違いなく茉里亜のもので、仕方なく一樹は手を振り返しながら、何やってんだろうな俺は、と考える。

フードコートで食べたい、と茉里亜が言い張るので、昼食も炎天下でとることになった。

一樹が自分のぶんの焼きそばとビールを買ってぐったり座っていると、茉里亜はちょこまかと行ったり来たりして、たこ焼きやらヤキトリやらフライドポテトやらを、賑やかにテーブルに並べていく。

「飲まねえの?」

乾杯、と差し出されたのがコーラのプラカップだったので、一樹は言った。

「お酒、きらいだもん」

「嘘つけ」

先日の茉里亜の酔っ払いぶりを思い出しながら一樹は笑った。

「必要なら飲むけど」

「なんの必要だよ」

「ナンパされたいときとか」

その結果が俺か。一樹はあらためて苦笑いする。

「そういえばおまえら、美容師とか言ってなかったっけ。今日、店休みなの？」

「休みじゃないけど、休んだの」

「そんな簡単に休めるもんなの」

「スタイリストじゃなくてインターンだし」

「見習いってことだろ。大丈夫かよ」

「どうせやめるし」

最後の言葉を茉里亜は小さな声で言い、一樹は聞こえたのだが聞こえなかったふりをした。面倒な話はしたくない。面白い女だし可愛いところもあると思えなくもないのだが、この先どうこうなろうという気にはならない。たぶん今日かぎりで終わるだろうし、向こうもそう思っているだろう。ただ今日、どうでもいい相手とひと気のない遊園地でばかみたいに過ごすしかない理由が、双方にあるというだけなのだ、きっと。

「一樹くんって、彼女いるの？」

一樹の心中を読んだように、茉里亜はそんなことを聞く。

「いない」

「ふうん。あたしはいるよ」

「そうかよ」

沖縄に、と茉里亜はこれも小さな声で付け足したが一樹はやはり無視した。

「あ、そうだ。これ」

ポケットから一万円札を出して茉里亜の前に置く。

「ここの昼食代。さっきおまえが買いに行く前に渡そうと思ってて、忘れてた」

「えー、いいよべつに。こんなに使ってないし」

「いいよ、やるよ。俺、金持ちなんだよ。おもちゃでも買えよ」

「おもちゃは買わないけど、じゃあもらう」

茉里亜はあっさりと札を受け取った。

「大金が入ったから、コーラおかわりしてこようかな」

「俺が買ってきてやるよ」

一樹は立ち上がった。「おかわり」という言葉に自分が微かに動揺していることを感じる。辰夫が言っていたのだった。大楠のばあさんからせしめた五万円を、ふたりで折半したときだ。「おかわりできるな、これ」と。


植木屋が入ったらしく、大楠家の庭はさっぱりしていた。

一度一樹が枝を詰めたあと、再びうっそうとなっていた木々の枝が透かされて、塀の外から家屋が以前よりよく見える。防犯上はいいことなのだろうが、逆に無防備な感じもした——じいさんとばあさんが、ふたりきりで路上に曝されているかのように。

自転車を止め、呼び鈴を押すとドアを開けたのはじいさんで、今日は病院まで送ってほしいと頼まれた。腰が痛むのだそうだ。わかりましたと一樹は答えて、家に入らぬままクラウンの運転席に乗り込んだが、じいさんを助手席に乗せて走り出してから、今日はばあさんがちらとも姿を見せなかったと気がついた。

「すみませんでした、この前。助かりました」

状況を探るために、かるくカマをかけてみる。辰夫からいろいろ入れ知恵されているのだ。

「ああ、妻から聞いたよ」

じいさんは答えた。そうか。ばあさんは金のことを打ち明けたか。金持ちといっても専業主婦だから、五万円を夫に内緒で使うことはできないのかもしれないなと一樹は考える。

「まあ、その……いろいろ大変だよな、男は」

じいさんがそんなことまで言い出したから、無心した金額もその理由も、ばあさんはそのままじいさんに伝えたのだろうと推察できる。

「ぜったい、返しますから」

一樹は言った。これも辰夫から指示されたことだった。とりあえずそう言っておけ、と。

「まあ、急がなくていいから、無理がないようにな」

じいさんは頷いて、そう言った。

9

空港には選ぶほどの店もなかった。一足違いで窓際のテーブルが取れず、狭苦しい片隅に家族四人が押し込められた。昌平はブツブツ言っていたが、どこでも同じだとゆり子は思う。飛行機などべつに見たくない。悲しくなるだけだもの。

「ママったら、露骨に不機嫌な顔しないでよ」

苦笑しながら、夏希が言う。

「不機嫌なんかじゃないわよ。ちょっとぼんやりしてただけ」

「空港って、意外と歩くからね。疲れたんじゃないか」

とりなすように睦郎が言う。今日は妹の見送りのために会社を休んでいる。

「ケーキでも頼んだらどうだ。フルーツパフェとか」

昌平が言う。ゆり子はちっとも食べたくなかったが、結局、ショートケーキとプリンアラモードを注文することになった。

一ヶ月はあっという間だった。何度でも食事会をやればいいと昌平は言っていたが、実際には予想通り夏希の都合がつかなくて、シチリア料理のレストランにも寿司屋にも行けず、一度だけ家に一族が集まっただけだった。渡米までにもう一回くらい来るわよ、と夏希は言ったがそれきりのまま出発の日がやってきた。

ゆり子はプリンをすくって口に運ぶ。ついでに真っ赤なチェリーも摘む。おいしいともまずいとも思わない。目の前にあるから食べている。食べないと「ママ、食べないの？」と言われるから。店内はほぼ満席で、ガヤガヤと話し声に満ちている。このひとたちはみんなどこへ行くのだろう——あるいは、誰を、どこへ送り出すのだろう。

夫と娘と息子は、ニューヨークの話をしている。気候とかレートとか治安とか食べものの話。アパートの話、レストランの話、劇場の話。自分にはまったく無関係な話だと感じながら、ゆり子もときどき相槌を打ったりびっくりしたりしてみせる。プリンを食べるのと同じ理由で。

「お正月には帰るつもりだから、そのときは泊めてね」

夏希がゆり子に向かって言う。

「そんなにすぐに帰ってくるの」

「帰るっていっても一週間くらいだけど。ちょっとこっちで片付けなきゃならないことも残ってるし……」

「じゃあお正月まではあなたの部屋をそのままにしておくわ」

「あら。さっさと物置にするつもりでいたの。いいわよべつに、寝る場所さえあれば」

「まあ、とうぶんはそのままにしておくわ」

「俺の部屋もまだそのままなんだよな」

「あそこはパパが今使ってるから……」

「パパ、兄さんの部屋で何してるの？　ママに隠れて何かしてるんじゃない？」

「おいおい……」

昌平の狼狽ぶりに笑い声が起き、ゆり子も笑った。昌平がいやらしいＤＶＤを借りてきたときのことをちらりと思い出したが、今はもうべつだん気にならなかった。気にすまい、と決めればたいがいのことはそれですんでしまうものなのだ、と考える。娘がアメリカへ行ってしまうことだってそうなのだ。

「あの家、ふたりで住むには広すぎるだろう。売って、もうちょっと便利な場所のマンションとか買ってもいいんじゃないの」

「うん、まあなあ。そのうち考えるよ」

昌平が問いかけるようにこちらを見、

「そろそろ行ったほうがいいんじゃない?」

とゆり子は言った。


呆気ないものだった。空港での見送りはゆり子にははじめてのことだったから、もっとぎりぎりまで一緒にいられると思っていたのだが、通路の先に磨りガラスがあらわれて、そこから先は搭乗者しか行けないようになっていた。じゃあね。元気でね。夏希はひょいと片手を上げて、さっさとそのドアの向こうに消えてしまった。

「まったく、薄情なやつだなあ」

帰りの車の中で、昌平がぼやいた。今日は睦郎の車で送り迎えをしてもらっている。午後五時過ぎ。まだじゅうぶんに明るい車窓を、ゆり子は眺める。

「ちょっとそこまで行く感じなんじゃないのかな、夏希にとっては」

睦郎が父親を慰めるように言った。

「永遠の別れというわけじゃないものね」

ゆり子もそう言ったが、その言葉はなぜか車内にぽかりと浮いてしまった——しばらくの間、みんなが無言でその言葉を眺めているかのような気配になった。

「もちろん、そうだよ。正月には帰ってくるって言ってたし」

ややあって、睦郎が言った。

「トムはどうするのかな。連れてくるのかな」

「トムって?」

ゆり子は聞いた。

「あれ、知らないの? 夏希の彼氏」

「睦郎はなんで知ってるんだ」

「いちど会ったことあるんだよ、俺」

夏希から突然食事に誘われたので青山まで出かけて行ったら、妹が彼を連れてきていたのだと睦郎は説明した。二ヶ月ほど前のことだ。歳は夏希より六歳若い三十五歳。金髪で長髪。職業はマジシャン……。

「ウフフ」

隣の昌平がぎょっとしたように振り向いたので、ゆり子は自分が笑ったことに気がついた。

「だって可笑しくない？　私たち、なーんにも知らなくて」

「たしかになあ」

仕方なさそうに昌平も少し笑った。

「いいやつだったよ。ていうか、あっちは日本語ができないし、俺は英語がダメだから、正直よくわかんなかったんだけど、悪いやつには見えなかった。とにかく夏希のことは大事にしてるみたいだったよ」

「おまえの観察もあてにならない感じだなあ」

昌平が言い、

「マジシャンって、手品師ってこと？　びっくりさせられるわね」

とゆり子は言った。それからまた笑った。笑いながら、娘に見捨てられたことをあらためて感じた。いや、感じているのは、自分が娘を見捨てようとしていることかもしれない。どちらでもいい。同じことだ。そう考えると、そのことがまた少し可笑しくなった。

笑うしかない。時は流れていくんだもの。子供は成長し、それぞれの人生を生き、何かを手に入れれば、手放すものだってあるだろう。自分たちだってそうやって生きてきたのだし、これからだってそうだろう。そう、そうだ。誰だってそうやって生きていくのだ。得て、捨てて。手に入れて、失って。だから悲しむなんておかしい……。

「あ！」

ゆり子は声を上げた。今度は何事だというふうに昌平が見る。

「睦郎、悪いんだけどホームセンターに寄ってくれる？」

「いいけど、これから？　何買うの？」

「ペンキをちょっと見たいのよ。庭の椅子を塗り替えたくて。すぐすむから」

睦郎は了解して運転に戻ったが、昌平が気遣わしげにまだこちらを見ていた。

「大丈夫よ、あなたに頼もうなんて思ってないから。明日は、一樹くんが来る日だから」

ゆり子はニッコリと笑った。

ひとにお金を貸すんだったら、あげたものと思いなさい。

母親がよくそう言っていた。お金は気軽に貸し借りするものではない、と言いたかったのだろうし、貸すのなら戻ってこなくてもあきらめられる金額にしておきなさい、ということでもあったのだろう。

だからゆり子も、何も言わなかった。「給料の前借り」ということで貸した五万円だったけれど、八月分の給料をそれで無しにしたりはしなかった。そんなこと、到底できるものではない。その日、やってきた一樹に、来てくれたぶんの金額を入れた封筒を渡した。「ご苦労様、ありがとう」といつも言う言葉とともに。

「どうも」と一樹はそれを受け取った。彼もまたいつも通りに、その場で中をあらためたりはしなかった。そのまま封筒をジーパンの尻ポケットに突っ込んだ。これから何か言うのかもしれない——「とりあえず五千円お返しします」とか、でなければ「この前のお金、もう少し待ってくれますか」とか。ゆり子はちょっと期待した。でもそれは本当に「ちょっと」だけだった。一樹が何も言わなくても、がっかりしたりはしなかった。今はまだ返せないのだろうと考えた。

「夫はバスで出かけたのよ。それで今日は、大工仕事をお願いしたいの」

スプレータイプのペンキを見せると、大工仕事ってこれですかと一樹は笑った。してほしいことを説明してからゆり子はいったん家の中に入り、日焼け止めや麦わら帽子で防備してから庭に出てみると、一樹はもうテラスに新聞紙を広げて、ガーデンチェアを雑巾で拭っているところだった。

「暑いのに悪いわね」

蚊取り線香を一樹の足元に置く。

「これ二脚とも緑色にしちゃっていいんすか」

「いいかな……と思ったんだけど。派手かしらね」

「いや、いいんじゃないですか。パッとしてて。気に入らなかったらまた塗り替えればいいだけだし」

ゆり子は草むしりをしたり、終わった花を摘み取ったりしながら、一樹の作業を眺めた。暑かったし蚊取り線香の煙から遠ざかるとすぐに蚊が寄ってもきたし、べつに今庭仕事をする必要もないと思えたが、それでもなんとなく立ち去り難かった。

見ているのは楽しかった。厳密に言えば、「楽しい」のとは少し違う感情であるようだったが、見ていたいことには間違いなかった。見ていると、今、テラスでガーデンチェアに向かってペンキを吹きつけているのが、もう何年も何年も前から知っている青年であるように思えてきた。実際、一樹の作業を眺めるのはゆり子にとってはすっかり馴染んだことだった。馴染んでいる、という実感が嬉しくて、頼もしくもあった。

その感触が、麻酔薬のように自分のどこかを麻痺させているようでもあったけれど、それが悪いとは思わなかった。

「熱中症やばいから、中に入ってたほうがいいですよ。草むしりとかも俺がやっときますから」

一樹の左の頰に緑色のペンキが一筋ついている。

「ええ……そうね」

この子はいい子だ、とゆり子は思う。今みたいな気遣いは自然のものだろう。自分だって暑いだろうに、そのことにはちっとも不平も言わず、むしろ嬉々として仕事をして、一方で私の体調を気遣ってくれる。そういうことが、演技でできるとは思えない。演技できるほどこの子は器用な人間じゃない。

それに……と、ゆり子はさらに考える。実際のところ暑さというより蚊の攻撃に閉口して、家の中に戻りながら。手を洗い冷たい麦茶のグラスを持って、リビングのイージーチェアに掛ける。そこから庭の一樹がよく見えるからだ。以前はこんなふうにあからさまに彼の仕事ぶりを眺めることには遠慮があったが、今はなぜか平気で見てしまう。それも「麻酔薬」のせいかもしれない。とにかく、それに……とゆり子は考える。昌平の時計は見つかったじゃないの、と。

このことについては、二通りの解釈ができる。ひとつ目は、時計は盗まれてなどいなかった、ということだ。昌平が落として、気づかずにいただけのこと。一樹には何の関係もなかったということ。そうだとすれば、ブレスレットや指輪も、よく探せばどこからか出てくる可能性がある。出てこないにしても、たんに自分がどこかに置き忘れたか落としたかしたということで、一樹のせいではないのではないか。最初から間違っていたのではないか。疑うから、疑った通りに見えていたというだけではないのか。

ふたつ目は、やはり時計は一樹が持ち去った、という考えかただ。ゆり子は時計のブランドについての知識はろくに持ち合わせていないけれど、オメガが高級ブランドであることくらいは知っている。あの時計の値段が、一樹には手が届かない額であろうことも。その時計を、この家で一樹は目にする。その辺に無造作に置いてある。もしかしたら、昌平が見つけた場所に落ちていたのかもしれない。まるで無用のものみたいに。

だから一樹は拾った。あとでもっと目につくところに置いておくか、私か夫に渡そうと思いながら、そのまま持ち帰ってしまった。いや、自分のものにしようとはっきり思ったのかもしれない——少なくとも一時は。何日か自分の手元に持っていて、着けて歩いたりもしてみたかもしれない。だが、やはり返すことにした。いい子だからだ。魔が差して盗んだが、本来はそんなことができる子ではないからだ。でも、打ち明ける勇気まではなくて、そっと返した。うちでの仕事を失いたくなかったからだろう。

このふたつ目を採用する場合、ブレスレットや指輪の紛失はどう考えればいいだろう？　ここからまたふたつに分かれて、一樹が持ち去ったのは時計だけだという可能性と、ブレスレットも指輪も一樹が持ち去った、とする可能性が考えられる。後者だとしても、きっとそのうち思わぬところで見つかるだろうという気がする。だって時計が戻ってきたんだもの。一樹は、悪いことができる子ではないんだもの。そう、遅かれ早かれすべて戻ってくるだろう……。

ゆり子は自分が仔細すぎるほど仔細に考えている、と感じた。細かいあみだくじを辿るみたいに、あらゆる可能性について考えている。そしてどんな可能性に行き着いても、間違いないのは、一樹は悪い子ではない、ということだ。

椅子二脚をきれいに緑色に塗り替えて、一樹は家の中に入ってきた。

「暑かったでしょう。ひと休みしたら」

ゆり子は麦茶を出してやった。一樹はキッチンで手を洗うと、立ったままグラスを呷（あお）った。

「すみません、金、まだ返せなくて……」

グラスを自分でキッチンに戻すと、一樹は言った。ゆり子はすっかり嬉しくなる。ほら、言った。この子はちゃんと気にしているわ。

「いいのよ、余裕があるときに、少しずつ返してくれれば。無事に終わったの？　彼女はその……元気になったの？」

「まあ、元気かって言われれば、元気なんですけど」

一樹は指で唇のあたりを拭った。石鹸で落ちきれなかったらしい緑色のペンキが、指の先を染めている。

「ちょっと、まずいことになっちまって」

「まずいことって？」

「なんかシンナー臭くない?」

ふいに女性の声が上がる。ゆり子と一樹は同時に窓の外を見た。隣家の奥さんが同じ年頃の女性と並んでこちらの庭を見ている。声を上げたのは奥さんではないほうの女性のようだった。

「ああ、ペンキかあ」

女性がまた声を放つ。遠慮のない声だ。奥さんが女性に何か囁くのが見えた。ふたりでこちらを窺っている。

ゆり子は一樹に視線を移した。一樹は女性たちをまだ見ている。子供が虫を目で追っているような、どこか退屈しているような横顔。何かが起きることを——たとえば彼女たちが何か言ってくるのを、待ち構えているような顔。

向こうからこちらは見えないはずだが、何かが伝わったかのように、女性たちは隣家に入った。その背中はこそこそしているようにゆり子には見えた。もしも一樹がいなかったら、と考える。あんなふうに声を上げられただけで、慌てて庭に飛んでいき、ペンキが生乾きの椅子を二脚、手や服を汚し、ふうふう言いながら家の中に運び込んだことだろう。

「……それで？　何かあったの？」

　ゆり子は一樹に続きを促した。

「因縁つけられてるんですよ、今。彼女の兄貴がちょっとやばいやつで。彼女が子供おろしたこと、そいつに知られちまって」

「因縁って……？」

「慰謝料よこせって。五十万」

「まあ。ひどい」

「ひどいっすよ、ほんと。ああいうやつらってむちゃくちゃですからね」

「そんなの払う必要ないわよ」

「いや……払うしかないんですよ。そいつ、こわいひとたちと繋がってるから。払わないと何されるかわからないんですよ。彼女からももう愛想尽かされてるんで、よけいやばいんですよ」

　一樹は廊下へ出て行き、物入れから掃除機を取り出して戻ってきた。組み立て、リビングのほうへ引いていく。話はまだ続くとゆり子は思っていたが、一樹は掃除機のスイッチを入れた。

「じゃあ、どうするの？」

掃除機の音に消されぬようにゆり子は声を張り上げた。

「都合つかないですかね、五十万円」

音の向こうから一樹が言った。

＊

「元気ないですね」

カクニが言う。

「そうかな？」

と昌平は応じた。

「ぜーんぜん喋らないじゃないですか」

「いつもそんなに喋らないだろう」

「あらー。ご自分で気づいてないだけで、いつもけっこう喋ってますよ。今日はお顔も筋肉もかっちかち」

リハビリ室でマッサージを受けている。そう言われれば今日はどこを圧（お）されてもい

つもより痛む気がする。そう思ったら、

「女のひとっていうのはむずかしいもんだな」

という言葉がポロリと洩れた。

「あらー。あたしのこと？」

「いやいやいや」

「ってことは奥さん？　ケンカでもしたんですか」

「ケンカはしてない……と思うんだがなあ」

「何ですかそれ。心当たりがあるなら、謝っちゃったほうがいいですよ」

カクニにふくらはぎをぎゅっと摑まれ、「いててて」と昌平は呻いた。

「心当たりはあるといえばあるんだが、そのせいじゃないと思うんだよなあ」

「そのせいですよ」

やや面倒になってきた口調でカクニは言った。熱心な理学療法士ではあるが、心理カウンセラーというわけではないのだから仕方がない。

「自分の上に膜を張るってこと、あなたはあるかい？」

それでもさらに聞いてみる。答えを求めているというよりは、口に出すことで自分の中のもやもやの正体をあきらかにしたくて。

「もうちょっとわかりやすく言ってもらえます？　あたし学が無いから」

「つまり……なんかこう、直接触(さわ)れない感じなんだ、妻に」

「ほほーお？」

カクニがニヤリと口元を歪めたので、「いやいやおかしな意味じゃないんだ」と昌平は慌てて言った。

「もちろん触れるんだが、いや、おかしな意味じゃなくて触れるわけだが、何かそこに一枚膜があるというか。相手の言葉も、自分の言葉も、その膜のせいで、ちゃんと言葉の意味通りに届かないというか……」

「あー、たまにあたしもなりますよ、それ」

「えっ、本当かい。どんなときなんだ、それは？」

「あたしはこの仕事好きだけど、それでもまあ、いろんな患者さんがいらっしゃるわけじゃないですか。みんながみんな、大楠さんみたいな優等生じゃないですから。リハビリがはかどらないのも、いつまで経っても歩けるようにならないのも、なんなら怪我したことまで、ぜーんぶあたしのせいにして、泣いたり怒ったりする方もいらっしゃるんですよね。そういうときに、膜張りますねえ、言われてみれば。相手の言うことがいちいちグサグサ刺さらないように。今、怒鳴られてるのは自分であって自分でないという、まあ一種の現実逃避ですね。膜っていう自覚はなかったけど、能面かぶってる、って同僚からはよく言われますよ、さっき能面状態だったねって」

「なるほど……」

昌平は思わずカクニの顔をまじまじと見た。「能面」にもっともほど遠い顔があるとしたらこの女の顔だろう、という感想を持ったが、言わんとすることはよくわかる。そう言われれば最近のゆり子の顔にも能面みたいなところがある。微笑んでいるのだが、泣いているようにも、怒っているようにも見えるというか……。

夏希を見送りに行ったときもそうだった。泣くかと思っていたが、終始うっすら微笑んでいた。渡米のことは納得したはずだから、娘を気持ちよく送り出そうと努力しているのだろうと昌平は考えてみたが、それでも何か、それこそ納得しがたい雰囲気を妻は醸し出していた。

それが気になっているせいで夏希との別れのほうがおろそかになって、もしかしたら妻よりも泣いてしまうかもしれないと危惧していた自分自身も、泣かずにすんだというくらいなのだが、夏希と睦郎はさほど気にしている様子はなかった。夫婦だからこそ覚える違和感だったのだろう。それに娘も息子も、五万円のことは知らないのだから……。


赤いフレームのロードバイクが、反対車線を走ってくる。

あれは四十万近くするやつだ。バスの車窓から見送りながら、昌平は思う。黒地に赤いラインが入ったサイクルウェアで身を固めた男は真っ黒に日焼けしていたが、さほど若くは見えなかった。案外俺と同じくらいだったかもしれない。

ああ自転車に乗りたい、と昌平は思う。あんな高級車である必要はない、スポーツバイクでなくたっていい、ゆり子と並んで、自分の足でどんどん漕いでいきたい。この炎天下だって構わない。汗だくになり、水をがぶがぶ飲んで、家に帰って冷たいシャワーを浴びたい。

そうすれば「膜」を取り去り、「能面」を割ることができるような気がするのだった。

バス停から家までの途中に十メートルほどの坂道があって、杖に頼っている足には、行きの上りよりも帰りの下りのほうが辛い。頭上で日差しがじりじりと照りつけているとなればなおさらだ。下ったところで家に向かってあらためて上らねばならない。犬のようにはあはあと息を吐きながら昌平は家に辿り着いた。

それで、いつものように「ただいま」と声を上げる余裕がなかった。驚かすつもりはなかったのだが、ダイニングで立ち話をしていたらしいゆり子と一樹が、ぎょっとしたように振り返った。車の横にロードバイクが停めてあったから、まだ彼がいることとはわかっていた。テーブルの上に紙片のようなものが置いてあり、それをゆり子はさっと取ってスカートのポケットにしまった。

「おかえりなさい。早かったのね」

ゆり子がにっこりと笑う。べつに早くはないいんじゃないかと思いながら、

「うん、暑かったよ」

と昌平は応えた。

「そろそろ自転車乗れるんじゃないですか」

一樹が言った。

「いやいや、まだ無理だろう」

「踏み込むと痛いかな」

「どうだろう。案外歩くよりは楽かもしれんが」

「ちょっと乗ってみたらどうですか。俺サポートしますから」

「今からかい？　勘弁してくれ」

「じゃあ整備だけでもしておきますよ」

　これからでは勤務時間の超過になってしまうだろうと昌平は思ったが、やりたいのでやらせてくださいと言って一樹は外に出て行った。昌平はなんとなくゆり子の顔を窺った。さっきの紙片がなんだったのか、きっと今言うだろうと思ったのだ。だがゆり子はあらためて微笑んで「麦茶でも飲む？」と言っただけだった。

　よく冷えた麦茶を飲んで人心地ついてから、昌平は一樹の仕事ぶりを見に行った。物置の横手に停めてカバーをかけてあった昌平の自転車を玄関前へ引っ張り出して、黙々と作業している。背後に昌平があらわれたことにも気がつかないか、気づいてはいても目の前の自転車のほうがそれよりも大事だ、というふうだ。もちろん、一樹が自転車を好きだということは知っている。だが何か、目の前の青年の様子は、拗ねて狭いところに閉じこもっている子供を思い起こさせる、と昌平は思った。

「君は本当に自転車が好きなんだな」

違和感をぬぐえないまま、とりあえずそう言ってみると、ようやく一樹は振り返った。不機嫌そうに見えるのは、熱中しているところを邪魔されたからだろうか。

それから一樹は妙なかたちに口元を歪めたが、笑ってみせたつもりだったのだろう、と昌平は思うことにした。

汗ばんだ体を流すために昌平はシャワーを使った。

浴室から出るとカレーの匂いが漂っていた。にわかに食欲を掻き立てられながら、ダイニングより先に玄関に回った。ぴかぴかになった自転車が元の場所に収められていたが、一樹の姿はなく、彼の自転車ももう見当たらなかった。

「一樹くんは帰ったのか」

家の中に入ってそう聞くと、

「そうみたいね」

と、カレー色のごはんを盛った皿を運んできたゆり子が答える。ごはんの上には生卵の黄身がひとつずつ載っている。

「この前雑誌に出ていたのを、作ってみたの。リゾットとチャーハンの中間みたいなものなのよ。卵はくずしながら食べてね」

「やあこれは旨そうだ」

ふたり向かい合って食べはじめる。おいしいのかおいしくないのか、実際のところ昌平にはよくわからなかった。料理の説明をしながらニコニコとスプーンを口に運んでいるゆり子に、さっき自転車を整備している一樹を見ていたときと同じ印象を感じるせいかもしれない。

「こないだの金……」

違和感を口に出してみるとすればそんな言葉になる。

「五万円だっけ。一樹くんから何か言ってきたのか」

「ええ」

ゆり子はすぐに頷く——まるで待ち構えていたように。

「必ずお返ししますって。だけどすぐには無理みたい。あの子、今、厄介ごとに巻き込まれていて……」

「厄介ごと？」

だからその厄介ごとを解決するために、五万円を渡したんじゃないのかと思いながら、昌平はゆり子の顔を見る。ゆり子は皿の中を熱心にかき混ぜていた手を止めて見返したが、例の「能面」の表情になっていた。

「五十万円、要求されているんですって。助けてあげるべきじゃないかしら」

それから昌平は、まだ半分も減っていない皿の上のごはんを食べることも忘れて、ゆり子の話を聞いた。妊娠させた相手の兄、ヤクザ、慰謝料、恐喝、そして五十万円……。その金を「貸してあげたらどうかしら」とゆり子が考えていること。

「小さなお金じゃないけど、でも、出してあげられる金額でしょう？」

子供がものをねだるみたいな口調でゆり子は言った。

「いや、でも……五十万を気軽に出せる身分でもないだろう。五万円だってまだ返してもらってないんだし……」

昌平は口ごもりながら言った。ゆり子の態度があまりにはっきりしているせいで、自分の考えが正しいのかどうか自信が持てなくなってくる。

「だって、五十万円払わないと、ひどい目にあわされるのよ。相手はヤクザなのよ」

「だったらなおさら慎重に考えないとまずいだろう」

「慎重にって、これ以上どんなふうに慎重に考えるの？　これが夏希や睦郎のことだったら、迷わずにお金を出すでしょう？」

そうかもしれんが、一樹はじつの息子じゃない、と昌平は思う。しかしゆり子は、じつの息子のように感じているのかもしれない。

「五十万払ってしまったら、もっと要求してくるかもしれないぞ」

「あ、それは大丈夫なんですって。直接の相手は、恋人のお兄さんだから。まったく知らない相手ではないらしいのよ。五十万円払いさえすれば、それで終わりにしてやるからって約束してくれたんですって」

能面の印象のまま、今は笑っているようにも見えるゆり子の顔を、昌平はあらためて見つめた。言っていることがめちゃくちゃだ、と思う。五十万払わないとひどい目にあわせると脅している相手が、そんな約束を守るとはとうてい思えない。

「そもそも本当なのかな、その話は」

最初から感じていて、しかし口にしていいものかどうか迷っていたことを、とうとう昌平は言った。ゆり子がきっとなって顔を上げる。

「一樹くんが嘘を吐いていると思うの？」

「いや、そうまでは言わないが……。君からのまた聞きで、よく理解できてない部分もあるし……。とにかくあまりよく知らないじゃないか、彼のことは」

「よく知ってるわ」

　ゆり子はきっぱりと言った。

「あの子がいい子だってことは、私たち、よく知ってるじゃないの。いつもあんなによくしてもらってるじゃないの」

「それはそうだが……」

　なぜこうも自分が劣勢になってしまうのだろう、と昌平は不思議になる。疑念は当然のことに思えるのに。いや、それとも俺は間違っているのか。ゆり子のほうが正しいのか。

「さっきはその話をしてたのか」

　昌平は聞いた。ゆり子は頷く。

「用立てると答えてしまったのか」

「ええ。だって……」

「メモみたいなのをもらってたよな？」

　問い質した口調が強かったのか、ゆり子は叱られた子供のように、ポケットから紙片を出してテーブルに置いた。銀行口座のナンバーと、オオウラタツオという名義人名が書いてある。ここに金を振り込めということか。

昌平はさっと手を伸ばして、紙片を取った。手の中で丸め、ポケットに突っ込む。

「何するの？」

ゆり子のその声の強さにも驚きながら、

「ちょっと、ゆっくりちゃんと考えようよ」

と昌平は言った。

「見も知らない人間の口座に五十万円を振り込むなんて、どう考えたっておかしいだろう」

「だから説明したじゃないの。そのひとが、一樹くんの恋人のお兄さんなのよ」

「そしてヤクザか、それと繋がりがある人間だというわけだろう。そういう相手とかかわる危険というのを考えたほうがいいんじゃないのか」

「つめたいわ、あなたは」

驚いたことにゆり子は涙ぐんでいた。

「心配するのは自分のことばっかり。ゆっくりなんてしてられないのに。あの子がどんな目にあわされるかわからないのに。一樹くんが殺されてもいいの？」

「殺されたりなんかしないよ」

動揺を隠して昌平は言った。ポケットの中で、紙片をあらためてぎゅっと握る。

「ぜったいに金を出さないとは言ってない。少し考えさせてくれ、と言ってるんだ」

「もう、いいわ」

ゆり子は目元を拭いながら、立ち上がって二階へ行ってしまった。

10

日暮れて、昌平は家の外に出た。

なぜそうしたのか自分でもわからなかったのだが、自然に足が自転車のほうへ向いていた。乗ろうというのではない。ただ、一樹がすみずみまで磨き上げた車体を、あらためてじっくり眺めた。

まるで新品のようにきれいになっている。だが、どこかにおかしいところがあるかもしれない——密かにタイヤに穴を開けられているとか、フレームに傷をつけられているとか。むしろそういう瑕疵（かし）があってほしい、という気持ちで昌平は検分した。そのほうが話が簡単になるからだ。一樹は悪いやつだということになり、今回の話は信用できない、と考えることができるからだ。

だが、何も見つからなかったし、そもそも昌平は、一樹はそんなことをするやつじゃないと思っていた。ゆり子が「いい子」だと言い張る一樹は、昌平にとっても「いいやつ」に違いないのだった。最初こそ多少うさんくさく思っていたが、この数ヶ月ですっかり一樹を頼りにするようになっていたし、彼を好きになってもいた。そうだ、俺はあいつが好きなんだ、と昌平はあらためて思う。

しかし五十万円は、大金だ。

それにおそらく、貸したら戻ってこないだろう。いや、金が惜しいんじゃない。それほどの金を一樹に渡すのは正しいのか、ということだ。

再び堂々巡りに陥った思考を抱えて、昌平は家の中に戻った。部屋の明かりを点けてまわりながら、もう午後七時を過ぎていることに気がついた。普段なら夕食が出来上がる頃だ。ゆり子は何をしてるんだ。

それで二階に上がってみると、ゆり子は寝室のベッドの上にいた。エアコンを強く利かせて、夏掛けを顔半分まで引き上げて横たわっている。ゆり子、おい、ゆり子。

昌平は妻の肩のふくらみにおそるおそる手を触れた。

「具合でも悪いのか。晩飯はどうするんだ」

ゆり子は寝返りを打ち、昌平に背中を向けた。

「食欲がないの。悪いけど、ひとりで食べて」

熱でもあるのか、医者に行かなくていいのかなどと聞いてみたが、首を振るばかりなので、昌平は仕方なく部屋を出て階下に降りた。いったい何が起きてるんだ、と呆然とする。

ゆり子のあの態度はなんなんだ。若い頃はときどきケンカをして、泣かせてしまったこともあったが、そのときですらあんなふうにはならなかった。まるで子供返りしてしまったかのようだ。

いったいここはどこなんだ。

見知らぬ場所にさまよい込んでしまったような気分のまま、昌平はキッチンの戸棚を漁った。できることはかぎられているが、とにかく何か食って落ち着こう、と考えて。素麺を見つけたので、湯を沸かすことにする。鍋はどこにあるんだ？　あちこちの扉を開けてようやく片手鍋を探し出し、水を入れて火にかける。

ゆり子のぶんも作ってやろう。運んでいけば少しくらいは食べるだろう。しかし、二人ぶんの素麵というのはどのくらいの量なんだ？　ああ、それに、素麵にはつゆが必要じゃないか。そういえば、作り置きしてあるとかゆり子が言っていたな。冷蔵庫か。ない、ないぞ。作るしかないのか。あれは醬油に何か入れてあるのか。砂糖？　酒？　鰹節？　いつ、どのくらい入れればいいんだ？　ああ俺は今いったいどこにいるんだ。

睦郎に電話して聞いてみようか。昌平は考える。つゆの作り方じゃない――五十万円と一樹のことについてだ。いや、だめだ。しかしすぐにそう思う。

もちろん昌平は、昨今「振り込め詐欺」なる犯罪が横行していることを知っていた。「おかしいと思ったら、身近な人に相談しましょう」と呼びかけられていることも、しかしへんなプライドや根拠のない自信によって、それを怠った「お年寄り」たちが、易々と騙されて、大金を奪われていることも。知っているにもかかわらず、睦郎に電話する気にはどうしてもなれない。それはやっぱり、へんなプライドと、根拠のない自信のせいらしかった。

睦郎は一樹に会ったことがないんだからな。

昌平は思う。そうだ、俺の場合は「根拠のない自信」じゃない、直感だ。一樹が振り込め詐欺などやるわけがない。この数ヶ月、俺とゆり子にあんなふうに接してきた男が、俺たちを騙すはずがない。五十万円は、本当に必要なのだろう。切羽詰まって頼んできたのだろう。

いやいや、ちょっと待て。なんでそうなるんだ。これじゃゆり子と同じになってしまう。もっと客観的にならなければ。やはり睦郎に……。

湯が沸騰し、素麺を三把——というのは、それだけしか鍋に入らなかったからだ——投じたところで玄関の呼び鈴が鳴った。どうすればいいんだと焦った挙句に、火を止めて昌平は玄関に向かった。立っていたのは昌平より少し若いくらいの、見たことのない男だった。

男はしばらくの間何も言わずにじっと昌平を見つめ、昌平はまるで、今自分がいるのがこの男の家で、本来の主人が帰ってきたかのような気分になった。

「お知らせに参りました」

やがて男はそう言った。

「じつは、息子が死にまして」

微かな関西弁のアクセントで男はそう言った。とっさに昌平は反応できず、ただ目を丸くして男を見た。

「明日が通夜になります。この先に私どもの家がございまして……当日は、人や車の出入りでご迷惑をかけることになりますので、ご挨拶に上がりました」

「ああ……それはわざわざ恐れ入ります」

そう言ってしまってから、昌平ははっと気づいて、

「ご愁傷さまでございます」

と頭を下げた。

「まったく困ったやつです」

「はあ……」

「奥様や息子さんにもよろしくお伝えください。それでは……」

「この先に」と言った方角へ立ち去っていく男の背中を、昌平は呆然と見送った。弔問客の出入りを断って歩くというのは、よくあることなのだろうか。狭い路地に密集しているというわけでもなし、苦情など出るはずもないだろうに。それにしても、ほかの家に立ち寄っている様子もない。うちが最後だったということか？

角の向こうへ男の姿が消えてしまうと、昌平はなんとなく背筋が寒くなった。「息

子が死にまして」「まったく困ったやつです」といった男の言葉が、様々な意味合いでよみがえってくる。息子の死因はなんだったのだろう。きっと突然のことだったに違いない。それであの男は少しおかしくなっていたのじゃないか？　どうしていいかわからなくて、しなくてもいいことをして歩いてるんじゃないか？

案外この近所の人間ではなく、もっと遠くからやって来たのかもしれない。たまたま足を止めたのがうちの前だった、そういうことかもしれない。いや、しかしあの男は、「奥様や息子さんにもよろしく」と言っていた。息子さんというのは一樹のことを間違えているのだろうか。とすればやはり日頃この辺りを歩く機会のある人か。何か、うちだけを目指して彼が来たように思えてくるのはなぜだろう。まるで何かの使者のように。そもそも実在の男だったのか？　俺の妄想だったんじゃないのか？

夕闇が一段と濃さを増したように感じられた。昌平は家の中に入り、ドアを閉めて鍵をかけた。ダイニングの椅子にしばらく腰掛けてから、素麵を茹でていたことをようやく思い出したが、キッチンへ行ってみると鍋の中で固まっていた。もう一度茹で直す気力はもう出てこない。

冷蔵庫から缶ビールとバターを取り出し、ついでに海苔の佃煮も取って、朝食用のバゲットとともにダイニングに持っていった。ビールを呷り、バゲットをちぎり、バターと海苔の佃煮をのせて口に運ぶ。思ったよりはいける。ジャムよりはビールに合う。人が見たらへんに思うかもしれないが、俺はちゃんとわかってやっているのだと昌平は思う。俺はおかしくなどなっていない。

助けてやってもいいんじゃないか。

その考えがふっと、それまでよりもくっきりした感触を伴って、降りてきた。ゆり子は一樹のことを好いている。一樹のことを信じている。そして俺も同じ気持ちだ。それなら五十万円、出してやってもいいんじゃないか。小さな金ではないが、何もないか。何百万、何千万というわけじゃない。それ以上は出さない、と決めておけばいいんじゃないか。俺もゆり子もぼけてるわけじゃない。頭ははっきりしているし、理性的に考えられる。まあ、ゆり子は今少々感情的になっているかもしれないが、元来備わっている理性が失われたというわけではないだろう。

この缶ビールを飲み終わったら、昌平特製「海苔の佃煮のせバゲット」と牛乳でも盆にのせて、寝室へ持って行ってやろう。そして妻に言うのだ、今回かぎり、五十万円出してやろう、と。さっき奪った、振込口座が記された紙片を返してやろう。ゆり子は喜ぶだろう。ベッドから起きだしてくるだろう。バゲットには思いやり深く一口くらい口をつけて、ちゃんとした夕食を作るために降りてきてくれるかもしれない。そうだ、そうしよう。もう不機嫌な妻はごめんだ。固まった素麵も、「息子が死にましてて」と告げに来る男も……。

*

遅れてやってきた辰夫は、一樹の隣に茉里亜がいるのを見て、一瞬露骨に顔をしかめた。

「なんだよ、うまくやってんじゃん」

わざとらしい笑顔を作って、皮肉っぽく言う。

「いや、こっちが先約だったからさ」

一樹は言った。茉里亜から電話があって、二回目のデートの約束をしたあとで、辰夫から呼び出しがかかったのだった。日をあらためるにしても辰夫と会うのはなんとなく気が重かったので、茉里亜を連れていくことにしたのだ。

「ふーん、そうなの。でも今日は、大人の話があるんだけどな」

「いいよ、大人の話、先にしなよ。あたし、ラインの返信溜まってるから」

茉里亜はべつにいやな顔もせず、隣のテーブルに移ってスマートフォンをいじりはじめた。ここは茉里亜の希望でやってきた店で、広いスペースのぐるりに並んだ様々な店の料理を、中央の広場のテーブル席で好きに注文できるシステムになっている。ようするに前回の遊園地のフードコートみたいなものだ。

「気に入ってんの？」

生ビールを三人分頼み、好きなものを注文しておけと茉里亜に言い置いたあと、辰夫が顔を寄せて、ひそひそと聞く。一樹は黙って肩をすくめた。

「やったの？」

しつこく聞くので、「うるせえよ」と返す。そういうことは何ひとつしていない。というか、そんな気にはまったくならない。しかし連絡があれば、ひとりでいるよりこいつといるほうがマシかもしれないと思える女なのだった。

「話って何だよ？」

「何だよって、決まってるじゃん」

辰夫は真顔になって、もう一段階声を潜めた。

「金、まだ入ってないんだけど」

「そのことか」

とぼけたが、そのことだろうとは予想していた。そして正直ほっとした。五十万円がまだ振り込まれていないということに。

「さすがに怪しいと思ったんだろ。しょうがないよ」

「しょうがないじゃすまねえだろ。きっちりやらないと逆にやばいぞ。今頃……」

「ハーイお待ちどおサマー」

南米系の顔の男が、おかしなイントネーションで、ビールや料理を運んできた。辰夫はぴたりと口をつぐみ、その表情の険しさと瞑さを、別人みたいだと一樹は思う。俺もそのうちあんな顔をするようになるのか。あるいはもうなってるのか。

「今週行ったときにもう一押ししてみるよ」

「甘いこと言ってんなよ。のこのこ顔だしたら、刑事が来てるかもしんねえぞ」

「それはないだろ」

一樹は笑ってみたが、いや、ないとはいえない、と思った。先週の木曜に大楠のばあさんに話をしたときは、五十万円振り込む気まんまんだったのだ。それが月曜日の今日になっても振り込まれていないということは、じいさんが反対したのだろう。反対して、ばあさんを止めただけじゃなく、警察にも通報したかもしれない……。

「今日やろうぜ、これから」

一樹の心中を読んだかのように、辰夫は言った。

*

夕食は茄子とトマトの炒めものと鯵の刺身と胡瓜もみ、それに素麵も少し茹でることになった。

昌平が、麵つゆの作りかたを知りたがったからだ。夕食の準備に取りかかる前の三十分、これとこれをこうしてとろ火にかけて……という手順を、請われてゆり子は実践してみせた。熱いつゆを布巾で漉したり、それを冷水にあてて冷やしたりといった作業は昌平が手を出したりもした。

「ゆり子がいないと素麵も食えないというのは、さすがに情けないからなあ」

「自作」のつゆに浸した素麵を旨い旨いと食べながら、昌平は言う。

「つゆはお醬油やみりんと、鰹節の分量さえ覚えれば簡単でしょう？　麵の茹でかたのほうがむずかしいのよ」

「なんだ、それならそっちも教えてくれればよかったのに」

「あなたに練習させてると、ごはんの支度ができなくなっちゃう。また今度、おいおいね」

まるで夏休みの子供のお手伝いみたいな、あるいは新婚の頃のじゃれ合いみたいなさっきのキッチンでのひとときのせいで、食卓には甘やかな気配が漂っていた。でもそれは、どこかことさらに誂え（あつら）たような気配でもあった。目に触れたくないものを隠す覆いのような……。そう感じるのはもちろん、話題にすべきことをふたりともいっこう口にしないからだ。

木曜日の夜、昌平が寝室にあやまりに来た。一樹にお金を融通してもいいかもしれない、と言ったが、そのときはまだ、振込先を書いたメモは渡してくれなかった。メモを渡されたのは、金曜日、朝食のときだった。これを返すのを忘れてた、と昌平は言った。通常使っている銀行口座は昌平の名義だが、カードはゆり子の財布に入っていて、自由に使うことができる。そこから振り込んでもいい、という意味だとゆり子は受け取った。

それで金曜日の午後、外出した。買い物もあったが、主たる目的は銀行へ行くことだった。だが、銀行には寄らないで帰ってきたのだった——野菜や肉を買っただけで。そうして、そのことを昌平に言わなかった。昌平が何も聞かなかったからだ。あれ、どうした？　五十万円、振り込んだのかと言わなかったから。そのまま週が明け、月曜日の今にいたっている。

どうして昌平に言わないのだろう。ゆり子は考えてみる。言えば、お金を振り込まなかった理由も説明しなければならないからだ。その理由とはなんだろう？　こわかったのだ。何が？　大金を振り込むことが？　違う。一樹がこわかったのだ。そのことを私は認めたくないのだ。

でも昌平は、私が振り込んだと思っているだろう。

電話が鳴りはじめた。サイドボードに置いてあるゆり子の携帯電話だった。ゆり子は嫌な予感にとらわれながら椅子を立った。

「もしもし……」

「金、まだ振り込んでくれてないんですか」

いきなり一樹の声がそう言った。噛みつくような口調。彼のこんな声をこれまで聞いたことがなかった。

「まだ……ちょっといろいろあって」

どぎまぎしながら、何か言い訳をしようとしたとき、電話の向こうで何かがぶつかるような物音がして、「おい、ばあさん」と一樹ではない男の声が言った。

「とろとろしてんじゃねえよ。さっさと五十万振り込めよ。なめた態度とってると、どうなるかわかんねえぞ。一樹だけじゃない、あんたらもだ。そっちの名前も家もわかってんだからな」

またぶつかる音がして、「もしもし」と一樹の声が言った。

「すいません、マジやばいんです。五十万、明日朝一で振り込んでください、お願いします」

背後で、もっと真剣に頼めというような意味のことを、口汚く怒鳴っている男の声が聞こえる。

「わかったわ。わかった」

ゆり子はどうにかそれだけ言うと、震える手で電話を切った。それから、気がかりそうに立ち上がっている昌平のほうへ向き直った。

長い夜になった。

ゆり子と昌平はテーブルで向かい合ったまま、長い間話し合った。一樹からの電話の後はほとんど手付かずになってしまった夕食の皿を片付け、それぞれにそそくさと入浴を済ませてベッドに入ったときには、午前二時を回っていた。

ゆり子はなかなか眠れなかった。隣で昌平も同じ状態であることが感じられた。どちらからともなく呼びかけて、また少し話した。それから、ウトウトと眠ったような眠っていないような時間が過ぎて、翌日になった。

晴れ渡った夏の日だった。明るすぎるほど明るい日差しが窓から入ってくるのに、まだ夜の続きみたいな感じがした。ゆり子が思い出したのは幼い頃の、台風の前夜だった。大型の台風が夜明け頃に上陸すると報じられ、家族総出で備えた夜。家の周囲の、風で飛ばされそうなものをしまい込み、庭木の枝を払い、家中の雨戸を閉め、ろうそくや汲み置きの水を用意して……。コーヒーとデニッシュを並べた朝食のテーブルでそんなことを考えていたら、まるで心の中が見えたかのように、昌平が、

「戸締りは大丈夫か？」

と聞いた。

「ええ……だって起きてから、外には一歩も出てないもの」

「寝室の窓は？」

「だって二階よ」

ゆり子はそう言ったが、結局立ち上がって寝室の窓を閉めに行き、ついでに二階の部屋すべての窓に鍵が掛かっているかたしかめた。いつもなら午前中はエアコンをつけず風を通して過ごすのだが、今日は階下も窓を閉め切って、起床時からエアコンを利かせている。

「これで大丈夫」

テーブルに戻り、昌平に向かって微笑んでみせる。

「うん、大丈夫だ。電話も……」

「ええ、持ってるわ。充電もちゃんとできてる」

それぞれに携帯電話を持っていることを確認し合う。万一、家の電話線が外から切られる、というようなことがあった場合に備えてのことだ。そんなことを思いつくのは、台風の記憶というよりは映画の影響かもしれないが——。

「今、何時？」

今度はゆり子のほうから聞いた。

「十時四十三分」

昌平は腕時計を見て答える。一度この家から消えて、ある日戻ってきた腕時計だ。あれは奇妙なことだった、とゆり子はあらためて考える。あれがどういうことだったのか、決めつけることはまだできない。でも、少なくとも以前はあんな奇妙なことは起きなかった――一樹がやってくる以前は。

ふたりともなんとなく窓の外を見た。この時間はもう「朝一」ではないだろう。一樹は、あるいは怒鳴っていた男は、きっともう何度か自分の銀行口座をあらためているだろう。何度目で、あるいは何時になったら、私たちが五十万円を振り込むつもりはないということに彼らは気がつくだろう、とゆり子は考える。そうして、気づいたらどうするだろう？

呼び鈴が鳴ったのは午後一時を少し過ぎたときだった。

さっと顔を見合わせ、ゆり子が立った。室内の親機の応答ボタンを押すと、モニターに一樹の姿が映った。見たところ、一樹ひとりだ。

「あ、俺ですけど」

と一樹は言った。これまで毎週木曜日にやってきたときと同じ言いかただった。いつもの言いかた。このあともいつも通りならいいのに、とゆり子は思う。

昌平が掃き出し窓越しに外を窺っている。ゆり子のほうを振り返って頷いてみせた。一樹のほかには誰もいないことを確認したのだろう。それでも、どこかに誰かが隠れているかもしれない。ふたりで玄関へ行き、ドアチェーンをかけたままそっとドアを開けた。まだ門柱の前にいた一樹が、駐車スペースを通って近づいてくる。

「金、まだですよね」

ドアの前まで来ると、チェーン越しに一樹はいきなりそう言った。

ゆり子はチェーンを外した。昌平が慌ててそばに来る。あらわれたのが一樹だけではなかった場合、もちろんドアは開けないが、一樹ひとりだけだった場合でも、その態度によって家に入れるかどうかを決めよう、と昨日相談していた。ゆり子はほとんど独断でドアを開けてしまった。一樹が中に入るとすぐに昌平がドアを閉め、鍵をかけたので、まるで自分たちが一樹を監禁しているみたいだと思った。

一樹はずかずかと入ってきた。ダイニングに通しても、椅子には掛けず仁王立ちになっているので、テーブルを挟んでゆり子と昌平も立ったままでいた。金、ともう一度一樹は言った。

「まだ振り込んでくれてませんよね。何でですか。あんなに言ったのに。約束したのに」

まるで悪いのは昌平とゆり子であるような言いかただった。実際、一樹にとってはそうなのかもしれない、とゆり子は思う。

「お金を振り込むのはやめました」

ゆり子は一語ずつ力を込めるようにして言った。「はあ?」と一樹は顔を歪めた。

「俺、やばいって説明しましたよね。今、ここに来るのだってやっとだったんですよ。その、やばいやつも一緒に来るっていうのをどうにかやめさせたんですよ。金払わないとどうなるかわかりませんよ」

「私たちはね、昨日一晩ふたりで考えてみたの。そしてね、一樹くんは嘘を吐いているという結論を出したのよ」

「はあ?　はあ?　意味わかんねえ」

一樹の口調が醜く崩れ、ゆり子の確信は決定的になる。もちろん、この子は嘘を吐いているのだ。

「一樹くん。指輪やブレスレットや時計を、この家から持ち出したのはあなたなんでしょう?」

「何の話だよ、知らねえよ」

「時計は戻ってきたけれど。時計を戻せば、私たちはあなたを疑わないと考えたんでしょう? その通りだったわ。私はほっとしたのよ。これであなたを疑わなくてすむって。でも、おかしいわよね? 時計に足があるわけじゃないんだもの、なくなったものが戻ってくるということは、誰かがそうしたということよね? そんなことも私にはわからないと思った? 思っていたのよね、あなたは。私たちが老人だから。あなたを頼りきっているから。あなたは……私たちをばかにしていた」

昌平がじっと見ているのを感じる。びっくりしているのだろう——私の饒舌にも、その内容にも。今やゆり子は一樹にというよりは自分自身に向かって言葉を連ねていた。ひどく腹が立っていたが、それも自分自身に対してかもしれなかった。

「五十万円、だから簡単に取れると思ったのよね。でも、お金は振り込まれなかった。だから昨日電話してきた。お友だちが——仲間がいるのね、あなたには。私たちのことをあのひとにも話したの? すぐだまされる、ばかな年寄り夫婦だって。あのひとは、怒鳴ったわね。すごく汚い言葉だった。脅かせばすぐに言うことを聞くと思ったんでしょう。こわかったけど、あれで気がついたのよ。だまされてることじゃないわ――だまされちゃいけない、ということによ。私たちはね、あんなふうに怒鳴られたって言いなりにはならないわ。あなたなんかいなくたって何ともないわ」

一樹は目を剝いてゆり子を睨んだ。ゆり子は怯まなかった。視界が歪み、ぎゅっと瞬きすると、涙が頬を伝った。ゆり子は泣いていた。

「ばか!」

ゆり子は怒鳴り、目の前にあった湯呑み茶碗を一樹に向かって投げつけた。やみくもに投げたので湯呑みは彼のうしろに落ちて、半分ほど残っていた冷めた中国茶が彼の青いTシャツの左肩辺りを濡らした。

一樹は呆気に取られた顔をしていた。その顔はどこか可愛らしくもあって、そのせいでゆり子はいっそう腹が立って、我知らずもうひとつの湯呑みを摑んで、投げつけていた。胸の前に飛んできたそれを、一樹は腕を盾にして受けた。

「クソばばあ!」

怒号とともに椅子を蹴った。ゆり子は思わず身を引いたが、その肩を昌平が抱き止めた。

「金はやれん。わかったな？　もう帰れ」

ゆり子の気持ちの上では、昌平はずっと自分と一緒に一樹に向かって声を上げていたように感じられていたのだが、実際のところはそれは昌平の、一樹へのその日はじめての発言だった。

「帰れ。帰らないと、警察を呼ぶぞ。おとなしくこの家から出て行って、もう来るな。この種のことは二度とするな。悪いやつらとは縁を切れ。そうすれば警察には連絡しない」

「ふざけんな！」

一樹は椅子を摑むと、床に叩きつけた。ゆり子は思わず夫に身を寄せる。一樹が襲いかかってきたら、ふたりでかかってもとてもかなわない。殺されるかもしれない。

——いや、そんなことになってたまるか。殺されてたまるか。戦うのだ、ふたりで。

「ふざけてない！」

昌平が怒鳴り返して、腕を振り上げた。

「あなたなんか大っきらい！」

とゆり子も怒鳴った。一樹の目がさらに大きく見開かれ、ああ殴られる、とゆり子が思った一瞬後、どこかに穴でも開いたかのように、みなぎっていたものが一樹の顔から消えていった。

「わかったよ」

と一樹は呟いた。

「出て行くよ。もう来ねえよ」

倒れた椅子を元に戻して、一樹は家から出て行った。

*

昌平は自分の腕を見る。

さっき振り上げた腕だ。いまそれは静かに膝の上に置かれている。握りしめた拳はもう開かれて、見慣れた自分の手に戻っている。

ゆり子が立った。さっき自分が投げた湯呑みを拾って、戻ってくる。もうひとつはテーブルの上に転がっている。ふたつを並べて検分する。

「どっちも割れてない」

ゆり子はぼそっと呟いた。昌平はなぜかぷっと噴き出してしまった。つられて、ゆり子も笑う。

「案外頑丈だな」

「案外ね」

言い交わし、同時になんとなく、一樹が出て行ったドアを見た。


九月になった。

「やっぱり療法士さんに聞いてからにしたら?」

ヘルメットを被り、サングラスはまだ手に持ったままのゆり子が気遣わしげに言う。

「大丈夫だって」

「痛くなったら、すぐやめてね」

「わかった、わかった」

とはいえ自転車に跨がるときは、かなり緊張した。骨折後はじめての乗車だ。うん、いいぞ、痛くない。ペダルを踏むと、ふわりと進む。空気の匂いを感じる。懐かしい感触が戻ってくる。

ゆり子がすいっと先へ行く。今日は彼女が先導する約束だ。「あなたはきっと調子に乗って無茶をするから、私がペースメーカーになるわ」と言われているので、おとなしくついていく。朝六時。涼しいうちに走れるように、早起きした。あまり人に見られない時間帯に、という気持ちも自分自身にはあったのかもしれない。だが走り出してみれば、もっと大勢の人たちに——ランナーやウォーキングをする同世代など、早朝の道には思っていたより人の姿があったのだが、それにしても——見てもらいたいような気分になった。

川沿いを少し走ってから公園に入る。野球場やテニスコートもある広い公園で、舗装された走りやすい道をぐるぐる巡ることができる。この場所もゆり子が決めた。車が通る道はまだ早い、というわけだ。公園内にもぽつぽつとランナーがいるが、自転車はまだ自分たち以外に見かけない。五分ほどで一周し、二周目に入る。やれやれ。まるで自転車にようやく乗れるようになったばかりの子供みたいだなと、昌平は心中苦笑する。速度もこの程度では物足りないのだが、今日のところは妻の言う通りにするしかなさそうだ。

それで、昌平はゆっくりと漕ぎながら、ゆり子の背中を眺める。すみれ色のギンガムチェックのシャツを羽織った、まるみのある背中。その体型とは無関係に、結婚以来ずっと、自分より小さい、弱いものだと認識していた妻の背中が、今日は存外にしっかりと、たくましく見える。

昌平は思い出す――じつのところ、毎日のように思い返しているのだが――あの日、ゆり子が一樹に投げつけた言葉を。奇妙なことに、それは今では自分にとって愉快と言っていい記憶になっているらしかった。一樹の訪れを待つ間、頭痛がするほどの緊張や不安に苛(さいな)まれたことも、もちろんはっきり覚えているにもかかわらず。

惚れ直したよ。

ゆり子の背中に向かって、声に出さず呟く。あの日のあと一度、ゆり子にちゃんと聞こえるように、声に出して言いもしたのだが、そのときは照れもありもっとふざけた口調だった。今は真面目に（しかしゆり子には聞こえないように）昌平は囁く。惚れ直した。やっぱり君は素敵な女だよ、と。恫喝の電話がかかってきたことによって、目が覚めたというようなことを言っていたが、自分なら逆に相手の剣幕に動揺して、言いなりになっていたかもしれない。「あなたなんか大っきらい！」という最後の一言も良かったし、湯呑みを投げつけたことにも惚れ惚れした。正直言えばそういう感想は今だからこそ持てるわけで、投げつけた瞬間にはぎょっとさせられたし、あれがまともに一樹の顔にでもあたっていたらどうなっていただろう、と考えないわけにもいかないのだが。

いずれにしても、ゆり子が湯呑みを投げたときに、俺も何かを投げたんだな。昌平は、そう考える。一樹に向かってだったのか、あるいは世界というものに向かってだったのかはわからないが。

「やあ、どうも」

前から走ってきた同年輩のランナーが、片手を上げて挨拶した。さっきもどこかですれ違ったから、彼も公園内をぐるぐる走っているのだろう。こちらは、いつの間にか三周目を走っている。ゆり子が振り返って何か言うだろうかと思ったが、振り返らない。ひたすら漕いでいる。案外今日のサイクリングを満喫しているのはゆり子のほうかもしれない。骨折後、妻にも寂しい思いをさせてしまった。

あれから、一樹はあらわれない。

あのあとも数日間は警戒して、日中も戸締りを怠らなかったし、外に出るときにはまず家の中から周囲を窺ったりもしていたのだが、結局あれきりになった。電話もかかってこない。「警察」という言葉が効いているのかもしれない。

始終念頭に浮かぶわりには、一樹のことはあの日以降あまり話題にしていない。あの日の前にさんざん話し合ったせいもあるのだろうし、何か、一樹と出会って以降の、彼が家に通ってくるようになった日々を含めて、長い夢を見ていたような気がするせいもある。

一樹に払うべき給料が二回ぶん未払いになっていて、そのことについては一度話し合った。ブレスレットや指輪が戻ってきていないのだから、このうえ給料を払う義務はないんじゃないかというのが昌平の意見だったが、でも五十万円の件はともかく、貴金属の紛失については一樹のせいだと百パーセント言い切れるわけではないのだから、とゆり子は言ったのだった。

「百パーセント、言い切れるだろう」

昌平は驚いてそう言った。

「九十九パーセントかもしれないけど、百パーセントじゃないわ。一樹くんは認めなかったでしょう？」

そこで昌平がじっとゆり子の顔を見ると、ゆり子は溜息を吐いた。

「人を疑うのっていやなものね」

「気持ちはわかるが……」

「いいのよ。わかってるわ。あの子が持っていったんだって、私も思ってるのよ」

しかし結局、働いてもらったことは事実なのだし、このことでまた何か因縁をつけられる可能性もあるから、未払い分を払ってしまおう、という結論に至ったのだった。それで、現金書留で送ってしまえばいいという話になったとき、一樹の住所を知らないことに気がついた。それすらも知らないまま雇っていたのだ。まったく、夏希や睦郎に知られたら何と言われることか。

子供たち。

そう、彼らには、一樹の住所のことだけではなく、今回の件についてはいっさい報告していない。これもゆり子と相談して決めた。もう終わったことだし、盗まれた(かもしれない)にしてもだまされはしなかったのだから、わざわざ知らせることもないだろう、と。老人のとるべき態度としては間違っているのかもしれないが、そう易々と老人になることに同意できるか、という気分もある。

ゆり子がすいと曲がって、草地の入口で自転車を止めた。ここで休憩ということらしい。

「何周したかな」

芝生の上に腰を下ろして昌平は聞いた。走っているときに疲れは覚えなかったが、自転車を降りると、筋肉や肺がかなり働いたことを感じずにはいられなかった。

「ちょうど十周」

ヘルメットとサングラスを外して足を前に投げ出し、ゆり子が答える。

「途中で待ったがかかるかと思ってたけど、ちゃんと最後までついてきたわね」

「この程度じゃ物足りないくらいだよ」

昌平は強がってみせた。

「足首、痛くない？」

「うん、まずまず大丈夫だ」

「案外頑丈なのね」

そう言ってゆり子は笑い、昌平も笑って「うん、案外ね」と答えた。それはふたりの間の、最近の流行語なのだ。空はもうすっかり明るくなって、野球場のネットの影が芝生の上にくっきりした模様を作っている。

＊

ＤＭに混じって届いた水色の封書は、夏希からのエアメールだった。

ゆり子はリビングのイージーチェアに掛けてそれを読んだ。ニューヨークの新しい住まいのこと、ジャズクラブで週二回歌っていること、それにときどきはパートナーのマジックショーにも助手として出演していることなどが、面白おかしく書いてあった。

娘の性格からすれば、少々面白おかしすぎるところがある、という感想をゆり子は持った。こちらに心配させないように、きっといくらかの脚色をしているのだろう。そうだとしても、困ってはいないだろうことは確信できた。気儘で、自由な生活。「もう若くないしね」という一文が――マジックショーの助手を務めるとき、バニーガールみたいな衣装を着せられるところだったが拒否した、という件に添えて――あったが、実際のところは、本人だってそう思っているだろう通り、まだ十分若いのだから、何だってできるのだ。

何だってやればいい。好きなように生きればいい、十分若くなくなる前に。夏希が渡米する前には、そんなふうに納得することはむずかしかったが、彼女との距離を受け入れてしまえば、あとはもう応援するしかない。そういう心境になった。それとも、この気持ちには一樹とのことも影響しているだろうか。

ゆり子は冷蔵庫に冷やしてある水出しの緑茶をグラスに注いで、今度はダイニングの椅子に掛けた。昌平がリハビリに行っている——自転車で颯爽と出かけた——うちに、夏希への返事を書いてしまおう、と決める。もちろん夫も、帰ってきてから書くだろう。

「そちらでの生活が順調なようで何よりです」そんな書き出しで、中盤には昌平の回復ぶりやそれに伴ってサイクリングを再開したことを書いた。やっぱり、一生懸命面白おかしく書いてしまうわね。書きながら気づいて、苦笑する。夏希を心配させまいとして、というより、自分自身に向けてそうなるのかもしれない。こんなに面白おかしい日々をまだ自分は過ごすことができるのだと、自分自身に向かって、少々声高に言い聞かせたいのかもしれない。もちろん、選ぶ言葉は大げさであるかもしれないが、嘘ではない。私が夏希の手紙を読んでわかったように、夏希にもそれはわかるだろう。

「家政夫さんは今はもう来ていません。ほかに仕事が見つかったらしく、相談されたので、やめてもらうことにしました。もともとはパパの送り迎えのためだったし、パパがすっかり元気になった今は、私にもたっぷり余裕ができたので。やっぱり、家の中のことは全部自分でサイハイをふったほうが気持ちがいいものです」

終わりのほうには、そう書いた。「イケメン家政夫はその後どう？」と夏希も手紙の最後で訊ねていたからだ。これはまあ、事実じゃないけれど、こう書くより仕方がないわよねと、便箋をたたみながらゆり子は思う。事実がこうだったら本当に良かったんだけど、と。

自転車に乗りはじめたことを理学療法士に話したら、たいそうほめられ、どんどん乗ってくださいと言われたそうで、昌平はご機嫌で帰ってきた。

昼食を食べながら夏希からの手紙を読み、さらに上機嫌になった。食後は返事を書くのかと思ったら、返事は夜に書くことにするから、少し走ろう、と言う。まったく、面白おかしがりすぎだ。ゆり子は呆れたが付き合うことにした。じつのところ、サイクリングを再開して以来楽しさや爽快さは以前の倍になって戻ってきたようで、暑さもしのぎやすくなってきたとなれば、いつでも大歓迎なのだった。

川沿いを、今はもう昌平の先導で走る。サイクリングロードといっても狭く、歩行者も多い道だから、さほどスピードは出せないが、それでもゆり子がのんびりしていると、昌平との距離がどんどん空いてしまう。ときどき振り返ってスピードを緩めたり、止まって待っていたりしてくれる。そういう夫の姿を見られる、ということも含めて、自転車は良きものだわ、という思いをゆり子は強くする。

十キロほど離れた町のカフェに立ち寄りコーヒーと甘いもので休憩してから、帰路に就いた。今日の夕食のための食材はすでに家に揃っていたが、牛乳を買い忘れていることに気がついて、コンビニに寄った。

ゆり子がレジをすませたとき、昌平が妙な位置に立っていた。マガジンラックのそばにいるのだが、立ち読みするでもなく、外に出たいのか店内に留まりたいのか決めかねているような体の向きで、顔だけを外に向けている。

足が痛むのだろうか、というのがゆり子の頭にまず浮かんだことだった。だから「大丈夫?」と聞くと、「うん」と昌平は頷いた。そして不意に意を決したように、大股で出口に向かって歩いていくので、ゆり子も慌てて後を追った。

外に出てみて、さっき昌平がマガジンラック越しに何を見ていたのかわかった。ふたりのクロスバイクを囲むように、若い男が三人、立っているのだ。

「ちょっと失礼」

という昌平の声は緊張で強ばっていた。何の用だ、とでも言いたげな視線を男たちが向ける。一樹と同じ年頃の、同じような雰囲気の青年たちだった。目つきの鋭さや服装の崩れた感じは、電話で怒鳴った男を思い起こさせもする。

「僕らの自転車なんだ、それ」

すると青年たちは「あー」という声を上げた。表情がくずれる。素朴すぎるような昌平の発言を揶揄されるのかとゆり子は思った。しかし青年たちの笑顔は存外に感じがよかった。

「俺のと同じなんで、ちょっと見てたんですよ」

いちばん背の高い、ひょろりとした青年が言った。

「カスタムのベースにしたから、様はずいぶん変わってるんですけど。いじらないままでもやっぱりカッコいいなと思って」

「ああ、そうか。そうなんだね」

昌平は頷いた。まだ動揺しているが、嬉しそうでもある。

「カッコいいよね」

「カッコいいっす」

「君のその、カスタムっていうのは、どんなふうにやったんだい」

それから昌平と青年は、フレームとかサドルとかサスペンションとかの単語を交えながら、しばらくの間話していた。あとのふたりは青年ほどには自転車に関心がないのだろう、手持ち無沙汰なふうに突っ立っていたが、ひとりがゆり子とふと目を合わせて、「やれやれ」というふうにおどけた顔をしてみせた。ゆり子も笑いながら肩をすくめた。

「あの……一樹という名前の子を知らない？」

気がつくと、そう言っていた。そんなに大きな声ではなかったのに、その場の全員がくるりとゆり子のほうを見た。

「あなたがたくらいの男の子で、この辺りに住んでると思うんだけど」

三人の青年はやや警戒した様子になって、顔を見合わせた。

「いや……知らないけど」

ひょろりとした青年が言う。

「そいつがどうかしたんですか」

「いいえ……やっぱり自転車が好きだったから」

「知らないなあ」

青年たちは今度は笑いながら答えた。それはそうだ。自転車が好きだという共通点だけで、知り合いだと考えるほうがおかしい。もちろんゆり子にもそれはわかっていた。ただちょっと聞いてみたくなったのだった。

*

行くつもりはなかったのだが、自転車に乗りたかったので行くことにした。川沿いのサイクリングロードを羽田まで、一度走ってみたいと思っていたから。

六時前に起きて、八時過ぎには着いた。ヘルメットをぶら下げて空港内に入ったところで、茉里亜の携帯に電話をかけた。今どこだと聞くと、あっちもちょうど空港に着いたところだという。

「うっそ。マジで来たんだ?」

黒のTシャツに黒のスキニーデニム、黒のリュックという時代遅れのパンクみたいな出で立ちの茉里亜が、目を丸くする。数日前、電話してきて見送りに来てよと言ったのはもちろん本人だが、本気ではなかったのだろう。

「ていうかおまえも、マジだったんだな、沖縄行くって」

一樹は笑う。搭乗までさほど時間がないというので、通路のベンチに並んで掛けた。

「嘘吐く意味もないでしょ」

「ってことは、沖縄に彼氏がいるっていうのも嘘じゃなかったわけか」

「嘘じゃないってば」

そこだけが鮮やかな赤の唇を、茉里亜は尖らせる。無邪気なようでいて何かとらえどころのない女だったが、今日は旅立ちの日だからなのか、これまでよりも彼女までの距離が近く感じる。

「沖縄に永住すんのか？」

「ただ会いに行くんだよ。こっちのアパートもそのままだし」

「永住すればいいのに」

「そうなったら、君も呼ぶから」

「意味わかんねえ」

おかしな会話だなと一樹は思う。そもそもどうして自分が今、この女と並んで座っているのかもわからない。走りたいだけだったのなら行き先は空港でなくてもよかったし、別れを惜しむほどの関係ではなかったのに。

「でも、ほんとに来るとは思わなかったよ」

一樹の心中を読んだように、茉里亜はあらためてそう言った。

「もしかしてあたしのこと好きだった？」

ふざけた口調で茉里亜は言ったが、一樹はじっとその顔を見た。

「俺、好きな女がいるんだよ」

「はあ」

「むちゃくちゃ好きなんだよ、まだ」

「何それ？　意味わかんない。ちょっとは期待したのにー」

笑いながら茉里亜は言う。一樹も笑った。なんでこの女に言っちまうんだろうなと思う。しかし口に出したことで、そうであることがはっきりした。この女にはそういう奇妙な能力があるのかもしれないな。魔力——いや妖力というほうがこいつには似合うかな。

「その女に会いたいんだ」

「会いに行けばいいじゃん」

「会いに行けないようなこと、いろいろ言ったし、やっちまったんだよな」

「じゃあしょうがないね。やっぱ沖縄来たら？」

「いやいやいや」

携帯電話が鳴り出した。一樹のポケットだ。取り出すと、ディスプレイには「大楠」という名前が出ていたのでぎょっとする。出るべきなのか。やばくないか。迷った末に、出ることにした。これも茉里亜の妖力かもしれない。

「大楠ですけど」

ばあさんの硬い声。投げつけられた湯呑みが腕にあたったときの感触と、「あなたなんか大っきらい！」という声がよみがえってきて、突然腹を壊したような気分になる。

「はい」

と応答することしか一樹はできない。

「あの……用件ですけどね。まだお支払いしていないお給料があるのよ。どうしたらいいかしら。取りに来るのがいやだったら、住所を教えてくれたら、現金書留で送りますけど」

これには返事ができない。給料だと？　どういうつもりなのだろう。罠か？　住所を教えたら、給料の代わりに警官がやってくるというわけか？

「いりません」

それで、そう答えた。今度はばあさんが黙った。横にじいさんもいるのだろうか。「ふざけてない！」と怒鳴り返したじいさん。俺にエロＤＶＤを借りに行かせて、決まり悪そうにあれこれ言い訳していた男。きらいじゃなかった、と一樹は思う。俺はこのひとたちが、どっちかというと好きだった。あんないやな目にあわせたいとは思っていなかったのに。

「もらえる立場じゃないから」

そう言うと、ばあさんが息を吸い込むような気配があった。罠なんかじゃない、と一樹は気づく。どうしてか、それがわかる。本当に未払い分を払おうとしているだけなのだ。俺みたいなやつに。あいかわらずなじいさんとばあさんだ。

「やっぱり嘘だったのね、おどされているっていうのは」

「はい」

「悪いことしたって、わかってるのね」

「はい」

「もう、しない？」

「たぶん」

ばあさんはまた黙った。「たぶん」ではだめなのだ。「絶対」と言わないと。それに一言謝りたい。いやな思いをさせて悪かったと。憎くてやったわけではなかったのだと。

しかし一樹は何も言わなかった。言葉がうまく出てこなかったのだ。ばあさんが息を吐く気配。

「お金、取りに来る？」

「いえ……行きません」

一樹は電話を切った。空港に満ちている様々な音が、不意に湯のように押し寄せてきた。聞き耳を立てていることを隠そうともしていなかった茉里亜が、そのままじいっと顔を覗き込んでいる。

「今のが、会いたかったカノジョ？」

「ちげーよ」

一樹は苦笑してから、

「でもまあ、似たようなもんかな」

と言った。


茉里亜はぶんぶん手を振りながら、保安検査のゲートの向こうに消えていった。もしも沖縄にいるのが、あたしの彼氏じゃなくて弟とかだったら、君どうする？とかなんとか言っていた。どうもしねえよと答えたらケラケラ笑った。戻ってきたらまた飲もうぜと言ったら、永住するから戻ってこないよと答えた。アパートはそのままだとか言っていたくせに。最後までよくわからない女だったなと一樹は思う。また会えるといいなと思うが、なんとなくこれきりになるという気がした。

大楠のじいさんばあさんとも、もう会うことはないだろう。自転車に跨がりながら一樹は思う。企みがばれたことを、辰夫にはかなり大仰に伝えた。今度電話したら警察を呼ぶと言われた、思ってたよりずっとしっかりしてるんだ、これ以上かかわるのはやばい、と。辰夫はびびりだから、それであっさり関心をうしなったようだった。芋づる式に捕まることを恐れて、俺にも連絡が来なくなった。まあ、あいつのことだからしばらくしたらまた何か言ってくるかもしれないが、その頃には大楠家のことは忘れているだろう。大楠の名前も、住所もあいつには知らせていないから、それきりになるだろう。だから俺が、あの家に近づくこともうないだろう。辰夫に知られたくないし、それがなくても、顔を出すことなどできやしない。

そう考えると少しさびしくて、そのさびしさを一樹はもてあました。

正月みたいな空だ。

川沿いを走り出しながら、一樹は思う。すうすうする心で、ペダルを踏む。自転車は走り続けるが、どこへ行けばいいのかわからない。いや、行きたいところはあるのだが、行けるのかどうかまだわからない。次の橋までには決めよう。決めろよ、と自分に言って、スピードを上げる。

解説

村松友視

この作品の魅力は、三人の主要人物に著者が転々と焦点を移し変えつつ、先へ先へと読み手をいざなってゆく構成に発している。小気味よいテンポの展開の中に、独特の小説的重層性を仕掛けて、そこに人の心の微妙、曖昧、誠実、移り気、抑制、強気、弱気、勇気、一貫性、変転性、自信、不安、度胸、臆病、妄想……などをはらませる独特の手並みを、著者は存分に展開させてゆく。読みやすいからといって、流行の速読術などではとうてい歯の立たぬ世界なのだろうという手応えを、読み手は早々に感じるはずである。

著者が眼差しの焦点を絞り、視点をかさねるのは三人の登場人物だ。第一に登場する視点は、築三十五年の家に住む大楠夫婦の六十九歳の妻ゆり子。「チューリップが昨日の雨でまたいちだんと傷んだ」とガーデニングを趣味とする女性らしい感慨を吐露する言葉が、このものがたりの皮切となっている。その呟きには、どうやら隣家の若夫婦からの年長者である自分たち夫婦への視線に対する尖った神経がからんでいるらしい。子房を切るべき時をすぎているのを知りながら、切りそびれているのはそれを気にするせいでもある。そんな実情の中に「見ようによってはまだきれいな花」「枯れた花をいつまでもつけておくと球根が痩せてしまう」など、ゆり子と夫のそれぞれにおとずれているこの作品のキーワードである老いに気づく頃合いの心象がまぶされる。

夫の昌平は、営業部長としてつとめていた製薬会社を六十五歳までつとめて退職し、嘱託として出向く時期もあったが、それも数年前からなくなった七十二歳。今は夫婦ともども年齢にしては派手とも言える出立でクロスバイクでのサイクリングを楽しんでいる。ゆり子がガーデニングにいそしむ様子、クロスバイクを修理に行ったときわずかに言葉を交わすサイクルショップで働く若く逞しい印象の青年とのかるい遭遇、夫婦でのランチの洒落た雰囲気と店での自分たち夫婦への若い女性客の視線への敏感さ、その中に「老人になる瞬間というものがあるとすれば、それがさっきだったような気がした」という老いにからむ受けとめ方などが、さり気なくまぶされる。

ここまでの場面の中に、作品の主要人物であるゆり子と昌平の環境や雰囲気それに年齢感などがてきぱきと伝えられ、ゆり子にとって大きい意味をもつことになる二十六歳の青年一樹が、深彫りされぬままさりげなく姿を見せているのがミソだ。逞しい青年の登場は、二人の生活にとって厄介な存在になるだろうという予感がちらりと生じるが、それはこれから刻々と知らされるのだろう……と、息を吐き足を組み替える気分になったところへ、その予感をはるかに超えた「人を殴る瞬間が一樹は好きだった」という凄みある言葉とともに、著者は一樹を一気に前へ押し出し、さらに「腰に溜めた力を拳にのせて、思いきり相手にぶつける。殴られる一瞬、相手の目に宿る不思議そうな表情、それからびっくりするほど歪む顔、拳が肉の奥の骨に到達したときの圧倒的な手応え」「それは小さな破壊であり、攻撃というよりは嘔吐に似ている」と、殴ってしまったサイクルショップのオーナーへの形式的な謝罪のための花束を持ってロードバイクで店へ向かう途次の一樹に、クールさと乱暴者のイメージがかさねられる。攻撃というよりは嘔吐に似ている……というフレーズにはしびれた。

ここまでの段階ですでに、重要な札はとりあえずひらかれたと言ってよいのだが、淡々とした人物紹介とともにストーリーを進行させてゆく著者の手際にすんなりと引き込まれて、平穏であるべき大楠家にとっての一樹という存在の危険性を、ゆり子の身にかさねて案じる気分を覚えさせられる。登場早々、あまりにもすらりとあらわされる一樹の暴力性や危険性にたじろぎをも覚えるが、これはまだ劇が始まる前の幕前の芝居のような場面で示されただけであり、ものがたりはここから強く深く描き込まれてゆくのだと、私は作品へのかまえを立てなおした。

大楠家に一樹が掃除人として雇われることによって生じた、一樹への金の払い方についての夫婦間の微妙な思いのちがいなどがこれからどのような模様を描いてゆくのかと、ゆり子に心をかさねる気分が、読み手である私の中にさらに上昇してくる。

ゆり子の初恋の人であり従兄でもある尚也の病身との出会いとその死が、ゆり子に自身でも意外なほどの心の乱れを与え、その心の乱れが夫への秘めごとめいた意識へのながれを生んでいく。そして、一樹の否応のない力感と若さへの率直な感触とあこがれが、ゆり子の中で交錯する。巧みなユーモアと苦(にが)みをはらむ諧謔(かいぎゃく)とがにじみ合う表現によって、夫婦それぞれの胸中がひらかれてゆく。

刻一刻の、転調してもテンポを外さぬ展開には、大楠夫婦の〝老い〟と、一樹の〝若さ〟の両方に微妙な親近感と距離感を保つことのできる、著者の年齢的立位置がかかわっているのか……そんな余計な思いとともにこの作品を書く上での著者の視座を想像しつつ、単なるサスペンスやミステリーとは別物の、重層的でありながら快適なテンポを途切れさせぬ作品のスリルに、私は心地よくはまっていった。そして、この心地よいスリルのベースには、三人の視点を淡々と乗り移る形式あるいは構成があることに、ふたたび思いを戻した。別な視点をもつ三人それぞれの心もようの滴(しずく)を珠(たま)にして、その一個ずつに糸を通し数珠に仕上げてゆく……私のそんな意識のさまよいは、この作品から立ちのぼるユーモアや諧謔の中に、何とも言えぬ潤いがかもし出されているという受け取り方のせいかもしれなかった。

そんな勝手な思いをもてあそんでいるうち、作品に登場する三者三様の視点と心もようが連鎖しつつ展開してゆく作品の雰囲気が、遁走曲とも追復曲とも訳されるフーガという楽曲の古典的形式へとつながっていった。と言っても私は、バッハの「フーガの技法」などに興味を向ける音楽的教養など持ち合わせずバロック好みのタイプでもない。フーガが私の中によみがえらせるのはむしろ、ザ・ピーナッツの「恋のフーガ」であり、それも一九六〇年代後半の唐十郎主宰の状況劇場のテント芝居で、大ヒットしたこの歌の前奏部分をもじった、パヤ！　パヤパヤ！　の大合唱のけしきなのだ。

　この作品からフーガという楽曲の形式の名称を連想したのは、作品の滑らかさと、古式にのっとったかのごとき進行ぶりがきっかけだった。一つの声部が示した主題を別の声部が模倣しあるいは応答しながら交互にあらわれて進行する……そんな感触が、『その話は今日はやめておきましょう』の肌合いと、古典的な楽曲の形式であるフーガとに共通する要素のように感じられたからだった。

　文学臭すぎる用語や表現を用いることなく、平易な言葉が用いられ、呟きの部分などにはしゃべり言葉めいたひとくだりがあったりもして、そこから作者のセンスを根とする比類ない香りがかもし出されてくる。古風な法則にのっとるかのごとき体裁の中に、戦略にみちた小説的工夫としての新しい旋律やリズムを加えた音楽のような作品……小説へ向ける用語としてはふさわしくないだろうが、この小説はフーガの技法にのっとった現代小説と私は思い込んだのだった。

　古典的な規（のり）をもつ家庭とも言うべき大楠家の昌平とゆり子の平穏の中へ闖入者としてあらわれた一樹に、古典的旋律に寄り添おうとして果たせぬことを知りながら、なりゆきで古典音楽の演奏に参入している気紛れなジャズプレーヤーといった絵柄がかさねられていくようでもあった。作品中の一樹の存在に異物感がないのは、ゆり子が体験してきた若き過去の時のエキスが、一樹の若さとの遭遇によってよみがえったせいかもしれず、ゆり子の古典的価値観の深さと誠実さが、一樹の現代的価値観をどこかで刺激したせいかもしれない。私は、小説としてのフーガの技法によって、この複雑きわまりない三者が、共鳴したり反発したり追走したり遁走したりしながら、ひとつの旋律として心地よい音を奏でているありさまと、自分の妄想とをかさねる不思議な感覚をおぼえつつこの作品を読んでいた。

さて、一樹がゆり子の銀のブレスレットを偶然に盗んだことになってしまったなりゆきが、大楠家にも一樹の世界にも緊張をはしらせ、想像外の乱れを生んでいって……ここから小説としての佳境に入ってゆくのだが、この顚末(てんまつ)を下手に明かすのは、チューリップの子房を性急に切り捨てるに似た所業であり、ここでは控えておきたい。

ただ、一樹の周辺の人物で忘れがたいのは、中絶にからむ一樹との静かすぎる確執によって生じたまっとうな切なさと対峙する晴子の冷めた心根と、晴子との別れのあと一樹が気紛れにつき合ったつもりの、類型をはるかに超えていながら何かを象徴するかのごとき普遍性をそなえて蓮っ葉なポーズを決める、茉里亜の存在感だ。一樹はいい女に出会う幸運にめぐまれているな、と思ったものだった。それに、諸悪の根元のごとき印象に徹するかに見える一樹とくされ縁をつづける悪ガキの辰夫がもつ、意外に古風な脆さの露呈にもそそられた。

主題と模倣と応答をくり返す対位法のように進行するこの作品の、冒頭における最初の焦点はゆり子に与えられ、最後の焦点が一樹に与えられるのは、周到で興趣にみちた小説の結構だ。最後の焦点をゆり子でなく、一樹に与えたことにより、作品が閉じることなく、ゆり子との縁をもふくんで先へ向かって広げられていく余韻が残るのだ。

正月みたいな空だ……沖縄へ旅立つという茉里亜を空港で見送り、一樹はいつもの呟きを浮かべ、「すうすうする心」でペダルを踏んでいる。「どこへ行けばいいのかわからない。いや、行きたいところはあるのだが、行けるのかどうかまだわからない」「決めろよ、と自分に言って、スピードを上げる」……これが一樹による作品の最後の胸の内だ。どこへ行くのかの答は絞りきれるのか、絞りきれないのか、あるいは青年が虚空に放つ抽象的な叫びなのか。終りだが終りきらないという暗号をはらんでたゆたう一樹の切ない力感が、『その話は今日はやめておきましょう』のタイトルにスイングしながら収斂(しゅうれん)している。この工夫の上に工夫をかさねたラストシーンに、私は惚れぼれとさせられたものだった。

（作家）

井上荒野（いのうえ・あれの）

一九六一年、東京都生まれ。成蹊大学文学部卒業。
一九八九年「わたしのヌレエフ」でフェミナ賞を受賞し、デビュー。
二〇〇四年『潤一』で島清恋愛文学賞、
二〇〇八年『切羽へ』で直木賞、
二〇一一年『そこへ行くな』で中央公論文芸賞、
二〇一六年『赤へ』で柴田錬三郎賞、
二〇一八年『その話は今日はやめておきましょう』で織田作之助賞を受賞。
他に『だれかの木琴』『結婚』『悪い恋人』『リストランテ アモーレ』
『ママがやった』『綴られる愛人』『あちらにいる鬼』などがある。

本書は二〇一八年五月に小社より刊行されました。

本文DTP・間野 成
校正・加藤初音

毎日文庫

その話は今日はやめておきましょう

第1刷 2021年4月30日
第2刷 2021年6月5日

著者 井上荒野
発行人 小島明日奈
発行所 毎日新聞出版
東京都千代田区九段南1-6-17 千代田会館5階
〒102-0074
営業本部 03(6265)6941
図書第二編集部 03(6265)6746
ブックデザイン 鈴木成一デザイン室
印刷・製本 光邦

ISBN978-4-620-21035-3